GAEA

GAEA

After Sun Goes Down

日落後

長篇 08

星子——著
BARZ——插畫

日落後

角色介紹

張意

連自己小弟都罩不住、只想好好過日子的黑社會，但是，能夠破壞黑摩組瘋狂結界的關鍵卻藏在他身上。被伊恩相中成為接班人，目前與「晝之光」一起行動。

長門櫻

伊恩的養女，晝之光夜天使的成員，以三味線為武器。因為幼時的悲劇，聽不見，也無法說話，平時靠白色九官鳥神官與外界溝通。

伊恩

晝之光的創辦者與首領。在黑夢結界中遇到張意，發現了張意對抗黑夢的潛能，選擇了張意作為自己的接班人。因為鬼噬咒，現在只剩下一隻手與一隻眼。

摩魔火

紅毛蜘蛛，伊恩的隨身侍從，自稱是張意的「師兄」。利用蛛絲操縱張意的四肢在戰場上活躍。最怕的是被封在伊恩愛劍七魂裡的老婆——雪姑。

孫青蘋

與開花店的外公孫大海相依為命，目標成為私家偵探的大學生。某天，發現外公不只是單純的花店老闆。祖孫遭黑摩組攻擊失散後，與靈能者協會除魔師奕翰及夜路同行。輾轉來到古井結界後，向穆婆婆學習操控神草。

盧奕翰

靈能者協會的除魔師。體內封印著餓死小鬼，能將吃入肚子的食物轉化為施法戰鬥用的魄質，不過平時都讓小鬼沉睡著，只在必要時刻喚醒。

夜路

作家，代表作為《夜英雄》系列。同時也是轉包靈能者協會外包案件的仲介人。體內被封著鬆獅魔與老貓魔駱有財，可以靠著這一貓一狗作戰。

安娜

獨來獨往的異能者，平時接受協會的外包案件、賺取酬勞。人脈寬廣、手腕高明。因為操使著一頭長髮，而被通稱為「長髮安娜」。這次接受協會的委託，前來宜蘭古井老樹結界。

郭曉春

天才傘師。能自由揮灑從爺爺阿滿師處學得的家傳絕技——十二護身傘。為了勸穆婆婆離開古井結界，而來到宜蘭，意外加入了這場大混戰。

穆婆婆

因為當年戀人葬身宜蘭蘇澳老樹古井，而隱居蘇澳、常守古井旁。雖然基本上不過問外界事情，但是黑夢大戰開打後，這口古井與老樹也成了兵家必爭之地……

硯天希、夏又離

硯天希是大狐魔硯先生的女兒，人狐混血的百年狐魔。小時候因為重傷，而失去肉身、被封印入夏又離體內，靜靜成長。因緣際會，夏又離與黑摩組相遇，也發現了體內的天希。又離與黑摩組決裂後，成為靈能者協會列管的異能者，繼續過著與天希共用身體的日子。因為黑夢影響，天希腦袋混亂，導致他們互搶身體主導權、暴走多次。而在這片混亂中，天希竟然煉成了魔體，但還是與又離身體相連……

黑摩組

原本隸屬於黑組織四指，但經過一連串瘋狂計畫，終於掌控了四指。以安迪為首，還有宋醫生、莫小非、邵君與鴉片等，被稱為黑摩組五人，當年眾人都沒想到過這瘋狂的小組織，將會為日落圈子帶來最恐怖的夢魔。他們以西門町為中心建立起黑夢結界，帶來了混亂與絕望。而現在，他們的目標是拿下宜蘭的古井結界……

日落後

日落後 —長篇— 08

目錄

01醒魂鐘與蝕天蟲

廊道兩側的古舊水泥壁上，爬滿斑斑片片的青綠色苔蘚，上頭的氣窗透入橙黃色日光。

穆婆婆結界裡除了幾處她的自住空間外，大部分區域都猶如廢棄校舍結合大型公共住宅，遍布四通八達的廊道、樓梯和千奇百怪的房間。

吁吁、吁吁——

磅磅、磅磅——

鴉片的呼氣聲沉重得如同雄獅猛虎般引人注目，而洪亮的奔跑踏地聲更猶如激烈戰鼓在曲折漫長的廊道間迴盪。

鴉片推土機似地轟破數面牆、輾過一間間房，來到一處天井構造的怪異梯間，這天井構造的梯間上方仍是四通八達的長梯，和一扇扇大小窗戶。

「喂，短腿糞便男，你走得也太慢，老子等得不耐煩了！」夜路的腦袋自高處某面牆上一面小木窗向外探出，朝著數層樓下的鴉片叫罵不休。

在小八帶路下，夜路和盧奕翰一路穿過各式各樣怪異房間，不時回頭叫囂挑釁，將鴉片誘來這處梯間。

鴉片左顧右盼，只見四周往上的樓梯至少超過六處，卻不知究竟哪一條樓梯通往夜路身處的房間。他雙眼怒火滿溢，高高躍起，搆著數公尺高牆壁上的一處凹槽，跟著腳尖踮著突出磚塊再一蹦，躍上另一處窗沿，像是想直接從這天井構造的壁面殺往夜路藏身位置。

「喲，很會跳嘛，你乾脆考慮改行當猴子啦！」夜路扯著喉嚨罵個不停，儘管他不久前讓賀大雷的慘況嚇得魂飛魄散，但他們此時目的，是將鴉片和邵君誘離黑夢胳臂所指的方向，盡量替穆婆婆拖延時間，因此他便也竭盡所能地不停挑釁鴉片，激鴉片一路緊追，遠離穆婆婆庭院。

小八長年追隨穆婆婆左右，早已熟知這雜貨店結界指揮竅門，且在這段時間裡，穆婆婆又教他更多變化結界的方式，讓他在這結界裡穿梭自如、任意變化各處構造，總是能在鴉片追上前，揮翅造出小門小洞，供盧奕翰和夜路逃跑躲藏。

「喝！」鴉片連續數記高躍，來到夜路剛才探頭那小窗中，雙臂一扯，轟隆撕裂了半面牆。只見裡頭是間怪房，卻不見夜路和盧奕翰影蹤。

「混蛋，你爬那麼高幹嘛？快點滾下來，我們單挑！」夜路的聲音又從底下發出。

他和盧奕翰在小八帶領下，又繞到數層樓底下一間房裡。

「你好意思提單挑兩個字？」鴉片吼叫一聲，像隻飛豹般斜斜躍下，破牆衝進夜路喊話那間房裡。

那是間狹窄古怪的小廚房。

有台老式冰箱，盧奕翰正蹲在冰箱前，一手拿著半截巧克力、一手抓著一瓶汽水猛灌。

小八則站在流理台的水龍頭上，對著壁面揮翅抬爪施法變化結界，他見夜路朝外挑釁，且聽見鴉片的吼聲飛快竄近時，嚇得嘎嘎大叫起來：「哇，我還沒變出下一扇門啊！」

「呀——」夜路則被鴉片衝入廚房的速度和氣勢嚇得往後滾翻了一大圈。他在過度緊張和興奮之下，一時忘記鴉片往下躍的速度，要比先前往上攀爬快得多了，因此在小八還沒造出新通道前，他已經洩露了自己的位置。

廚房狹窄，鴉片破牆撞進廚房時，人便落在盧奕翰身邊，與夜路、小八都相距不到一公尺。

在這短暫的瞬間，所有人的腦袋都是一片空白，僅能憑藉本能行動。

「吼——」鴉片雙目緊盯著癱坐在眼前的夜路，抬腳就要往他身上踩，卻被身旁的盧奕翰攔腰抱住，轟隆撞上流理台。

鴉片抬臂往盧奕翰背上重壓一肘，將盧奕翰化出的鐵背擊得嗡嗡作響。

盧奕翰覺得後背像是捱著一枚炸彈般，全身頓時痠軟無力，只能鬆開手往旁一閃。但見鴉片扭身揮拳打來，立刻抬起鐵臂護頭，雙臂又捱上一記重拳，整個人被轟貼在牆上，將牆壁撞出一處淺淺的凹坑。

「哦？」鴉片微微睜大了眼，像是訝異盧奕翰這鐵身似乎比他預期中更爲堅實。他再補一腳，將盧奕翰整個人踹得撞破牆面，跌入後方房裡。

「小子，你變強了。」鴉片大步追進盧奕翰倒入的那房中，只見盧奕翰正痛苦站起，還將手上抓著那半截巧克力塞入嘴裡。

「奕翰，來這邊——」夜路與小八則是繞到遠處房間，對著盧奕翰吆喝大喊——在這千變萬化的房間群中，房間貼著房間，每間房都有三、四扇門，各自通往其他房間或廊道。

盧奕翰急急往夜路那兒逃去，鴉片也跨步追上。

盧奕翰一面逃，一面不時回頭閃避鴉片攻擊，閃不過就只能抬臂硬擋。每一記硬擋，都讓他覺得彷如炸彈在身軀四周引爆；同時，他的腹部彷彿有團火在燃燒，多日來靠著大食囤積的魄質被鴉片的怪力激發，流入四肢軀幹，強化著他的鐵身。

若非如此，摘下三枚戒指的鴉片，此時的力量巨大到足以一拳打穿他的鐵身。

「哼！喝！」盧奕翰靠著體內囤積的大量魄質，沿路和鴉片硬格了十數拳，偶爾還能回踹幾腳。他逮著個空檔滾開老遠，邁開大步往夜路的方向奔逃。

「這邊、這邊！」夜路和小八帶著盧奕翰轉入一條長廊。小八飛在最前頭，不停振翅揮爪，招出一座座大鐵櫃，轟隆隆地朝著追入廊道裡的鴉片身上撞。

鴉片揮拳踢腿，將一座座大鐵櫃劈裂踢倒，緊追著夜路和盧奕翰。

此時的鴉片摘下了三只戒指，速度極快，逐漸追上兩人。而本來在前頭領路的夜路，則逐漸被盧奕翰趕過，眼看就要被鴉片追上，他連忙順手自牆邊拉來一台拖板車，整個人撲上拖板車那片平板，呼喊鬃獅魔從他胸口探出腦袋。

鬃獅魔兩隻厚短耳朵倏地竄長，猶如兔耳，還露出一雙短爪飛梭快扒，拖得拖板車往前飛衝，如同急馳馬車唰地又衝過盧奕翰身邊。

同時，有財自夜路後背探出，將鬍鬚當成韁繩，繫著鬆獅魔那雙長耳，指揮鬆獅魔前進，還回頭甩出鬍鬚，捲上盧奕翰腰際，藉著鬆獅魔的怪力拖著盧奕翰一起跑。

盧奕翰被有財和鬆獅魔拉著跑，本來覺得身子輕盈許多，稍稍鬆了口氣，但很快地發現自己的腳步竟逐漸跟不上前頭拖板車越來越快的速度，好幾度幾乎踉蹌跌倒。

急忙之間，他見到前方一處櫥櫃飛快逼近，櫃上還有只碩大的炒菜鐵鍋，便順手取下，往腳邊一擺，整個人蹲在鐵鍋裡，讓前頭的鬆獅魔拖板車拖著跑。

大炒菜鍋在地板拖出尖銳聲響和巨大火花，嚇得夜路回頭對著蹲在炒菜鍋裡的盧奕翰大嚷：「你在大便啊，這什麼樣子？」

「你又是什麼樣子！」盧奕翰氣罵回嘴，見到夜路朝他拋來一塊滑板，立刻抓個正著，從大炒菜鍋蹦上滑板。

「哇！慢點慢點！又不是在坐雲霄飛車——」夜路感到拖板車速度越來越快，好幾次差點撞上竄過身邊的矮櫃，嚇得大嚷。又順手從地上摸著自雜貨店小櫃翻出的玩具汽車，按著玩具汽車當成輔助輪，協助控制方向。

後頭的盧奕翰穩著身子自滑板上站起，揪著有財的鬍鬚讓拖板車拖著滑行，像是踩著衝浪板衝浪般。他回頭見到鴉片緊追在後，連忙催促：「再快點、再快點！」

「你身體裡囤的魄質還剩多少？」夜路回頭問。

「不到一半啦……」盧奕翰也順手自竄過身旁的矮櫃上抓下一包包零食，用口咬開亂吃，補充剛剛被鴉片耗去的魄質。眼前小八揮了揮翅。

前方長廊轉角唰地落下幾座冰箱和鐵櫃，其中一座小櫃敞開門，彈出兩顆青蘋做的手工飯糰，砸在盧奕翰臉上。

盧奕翰接著飯糰，連保鮮膜都沒空揭開就張口硬咬硬吞，又甜又油的飯糰熱量比那些洋芋片等零食還高。

拖板車轉進廊道轉角，幾座冰箱、鐵櫃一同往追來的鴉片撞去。

鴉片怪吼一聲，揮拳轟飛那些冰箱、鐵櫃，追入轉角，卻見轉角後頭，仍是漫漫長廊，但夜路和盧奕翰卻已經逃得不見影蹤——

原來在鴉片揮拳打飛櫃子的幾秒空檔中，夜路和盧奕翰一齊掉入轉角後頭小八變化出的一處地洞，墜入另一間房。

那房間正中央擺了張雙人床，牢牢接著夜路和盧奕翰。

他們一落下，地洞便瞬間閉合，因此鴉片並不知道盧奕翰和夜路此時便在他正下方的房間。

底下房間裡，夜路和盧奕翰正竊笑地翻身下床，低聲調侃鴉片腦袋愚笨，同時推門繼續逃，卻來到一間滿室漆黑的房間。

「這什麼鬼地方？」小八飛在這黑房裡，嘎嘎怪叫起來：「我沒變出這房間吶？」

夜路和盧奕翰陡然深吸一口氣，他們見到邵君扠著手，坐在一張漆黑大床床沿，直勾勾地望著他們。

「別忘了你們的對手除了鴉片之外，還有我。」邵君微笑起身。

她先前見鴉片追得太緊，反而被小八拉了一頭屎，便默默跟在後頭，暗暗驅使黑夢力量，四處追蹤夜路等人行蹤，破牆繞路好一陣之後，搶到他們前頭攔截。

「逃啊——」夜路轉頭就往身後房間奔，但轟隆撞在門上——由於邵君提早來到這房中，花了十幾秒鐘準備，使黑夢力量包覆著整間房，暫時阻隔了穆婆婆的結界力量。

此時她舔舔唇，漆黑的房中數扇門全封死了，且房中豎起一具具只有在成人性虐影片裡才會出現的大型木造拘束器具。

夜路和盧奕翰分別被兩個巨大木造裝置鎖住了四肢、頸子和腰際，小八則被囚入一只小鐵籠裡，呱呱怪叫著：「婆婆、婆婆，救命呀！」

「小作家，你希望被我就地正法，還是被我帶回家好好伺候呀？」邵君走到夜路面前，將臉貼在他耳朵旁吹著氣，還伸出那條穿著銀環的舌頭，挑弄著夜路耳朵。

「帶……帶回家伺候好了……」夜路嚇得全身發抖，口齒打顫地說：「在這裡我會害羞……」

「原來你還會害羞？」邵君咯咯笑了起來，伸手在夜路身上輕撫。「我以爲你這人沒有羞恥心的……」她說到這裡，瞥頭望了盧奕翰一眼，見他瞪大眼睛望著自己，便嘻嘻一笑，離開夜路身子，走近盧奕翰，媚笑著說：「你是鴉片的，不過先借來玩玩，應該沒關係吧——他還沒正式搶到手。」

「妳……妳把我們當成什麼了？」盧奕翰奮力鼓動鐵臂，也掙脫不了這黑夢築成的拘束器具，驚恐大喊起來：「我……我對妳這些把戲沒興趣，妳乾脆一點，直接掐斷我脖子算了！」

「你喜歡玩掐脖子呀。」邵君嘿嘿一笑，伸手扣住盧奕翰頸子，微微施力，直到盧奕翰的臉色逐漸發青，這才鬆手。

邵君鬆手的同時，也挑挑眉，一口氣解開盧奕翰的手銬和腳鐐，盧奕翰像是癱了般跪倒在地。

在此同時，鴉片的怒吼聲還迴盪在四周——「出來，兩個混蛋！」

「嘻嘻，誰教他不認眞練習黑夢，他不知道我們躲在他下面做壞事呢……」邵君嘻嘻笑著，托起盧奕翰下巴，在他臉上吹了一口氣，盯著他雙眼，說：「從今以後，你得叫我女王大人。」

「女王……大人……」盧奕翰全身虛脫、頭昏腦脹，只覺得眼前的邵君竟變得如同天神般無法反抗，甚至心中還隱隱冒出一股莫名的愛慕之情。

「就算你將來變成鴉片手下，也要偷偷聽我的話喲。」邵君用調教小狗的語氣，用手指輕點著盧奕翰鼻子，說：「我要你做什麼，你就做什麼；我要你吃什麼，你就吃什麼；我要你殺誰，你就殺誰。知道嗎？」

「知道……」盧奕翰點點頭。「女王大人……」

「現在呢，我要你……」邵君牽著盧奕翰往大床走，見夜路撇開頭、閉著眼睛，便咯咯一笑呼了口氣。

幾支怪異支架自夜路腦袋的木樁左右伸出，牢牢架住夜路的頭，還撐開他眼睛，讓他視線正對著那黑色大床。

「有財，變出鬍鬚矇住我眼睛，我一點也不想看奕翰跟那妖孽接下來要做的事……」夜路連連哀號。

「我突然有更好的主意。」邵君哼了哼、挑挑眉，鎖著夜路的木架底下像是生了輪子，快速往大床靠近。她對盧奕翰說：「你去把那小作家衣服脫了。」

「什麼！」夜路聽邵君這麼說，又見盧奕翰幾步走來，眼神陌生冷峻，伸手就要扯他衣服，嚇得哇哇大叫：「喂！奕翰，你……你瘋啦，你這麼做，心裡還有青蘋嗎？」

邵君也湊了上來，笑著說：「我改變主意了，我想看你們兩個玩。」

「媽呀——」夜路怪吼：「等等、等等……妳跟奕翰不是玩得好好的嗎？爲什麼扯到我？哇，別這樣，快叫他住手……」

「嗯？你求我啊？」邵君哈哈笑著，又湊到他耳邊說：「你終於投降啦？你嘴巴不是很硬嗎？」她這麼說，還對盧奕翰下令：「你看，這小作家像是冰淇淋一樣可口，來，你學我，把他當成冰淇淋，吶——」

「救命啊——」夜路同時被邵君舔著左耳，又被盧奕翰大口舔起右臉，大聲哀號起來：「阿君姊姊、大慈大悲阿君姊姊，我投降了、我錯了，是我不好！妳放我一馬，求求妳——」

「不要。」邵君嘻嘻笑著，在夜路耳邊說：「我最喜歡對著一個人做他最討厭的事情；不然怎麼叫作『虐待』呢？」

她邊說，邊收去固定夜路腦袋的支架，捏著夜路腦袋，將他的臉轉向盧奕翰，還捏著他嘴巴，令他對盧奕翰嘟起嘴巴，跟著對盧奕翰說：「乖，來舔舔冰淇淋喲。」

「唔唔唔！」夜路見眼前的盧奕翰當眞露出見到冰淇淋的表情，幾乎要嚇到瘋掉。

「呃？」盧奕翰將臉湊近夜路，突然愣了愣，回過神來，一拳勾在夜路肚子上，罵著髒話後退好幾步。「你想幹嘛啊？」

「咳！咳咳咳！」夜路被盧奕翰那拳打得透不過氣。「我……我才想問你……想幹嘛……」

「嗯？是結界主人又出手妨礙我啦？」邵君皺了皺眉，抬頭四顧，檢視著漆黑房間，跟著又盯著盧奕翰。「不可以不聽話，過來，學我這樣——」

她這麼說，伸手捧著夜路的臉，將舌頭伸得更長，往夜路耳洞裡鑽。

「吼——」

一聲雄渾怒吼自夜路臉旁炸開。

邵君觸電般躍開老遠。

她伸手摀著嘴巴。

鮮血自她指縫淌下。

鬆獅魔的嘴巴自夜路臉龐探出，跟著張口吐舌，一條大舌頭上還勾著一個東西——

那是一截人舌，舌尖處還穿著一枚銀環。

四周天搖地動起來——此時此刻，正是安娜在雜貨店外，指揮眾人發動阿彌爺爺的針陣，將黑夢力量逼退出幾條街外的時候。

因此邵君用以控制盧奕翰心智，以及這黑色房間裡的黑夢力量迅速失效。

房間裡的黑色斑跡飛快消褪，一具具性虐刑具崩垮碎散，囚著小八的那鐵籠也啪啦一聲破開。

「喝！」邵君發出怒吼，厲鬼般竄向夜路和盧奕翰。

「哇！」夜路和盧奕翰還沒反應過來，便覺得腳下一空，又落進一處大洞。

這次房中可沒有大床接著他們，而是間古怪客廳，兩人跌在一張廉價摺疊木桌上，將那木桌壓得坍塌崩裂，兩人掙扎站起，抬頭只見天花板瞬間封死。

夜路揪著盧奕翰領口大罵：「你這雜碎，舔我滿臉口水還打我？」

盧奕翰愕然怪叫：「我舔你滿臉口水？你當自己是冰淇淋呀！」

「你確實把我當冰淇淋沒錯呀！」

「去你媽的，你噁不噁心！」

「哇，你們別吵了！」小八自另一端氣窗飛入，揮了揮翅又變出一扇門。「快逃呀──」

□

安迪揚起手，示意隨行雜兵們停下腳步。

他微微側頭閉目，像是察覺到外界動靜。

那動靜起初只是無聲無息的某種氣息，然後轉變成輕微的震動，再變成劇烈的大地震——一陣陣劇烈震動並未傷及這結界建築，反而將地上、牆上不停擴散的霉斑全震散成飛灰。

安迪睜開眼睛，望著眼前指路人骨胳臂崩出裂痕，啪啦幾聲炸成灰燼。

黑夢的力量消失了。

「和我預料中的一樣。」安迪並沒有因此露出慌張或驚訝的神情，而是挑挑眉，微微一笑。「希望小非她們別嚇壞了。」

四周牆角本來被霉斑吞噬的青苔又重新滋長出來，色澤也更為鮮綠，自窗子透入的夕陽光芒也更加金黃耀眼。

「年輕人呀，你從來沒有吃過敗仗，是吧，你像是一頭年輕的驕傲老虎呀……」穆婆婆的聲音透過廊道裡的擴音設備發出，在四周廊道中迴盪。「你們仗著黑夢厲害，橫行霸道慣了，以為自己天下無敵啦……現在中了老太婆的陷阱，準備好吃癟了嗎？」

「您說得是。我們確實太驕傲了，這一直是黑摩組的隱憂，也是我一直想要改善的問題……」安迪一面說，一面轉身向身後嘍囉們招招手。「我得謝謝您，給我們一個學習的機會。」

「哼，大難臨頭還裝模作樣呀你！」穆婆婆哼哼地說：「你以爲自己手裡那些指魔天下無敵，就算沒有黑夢，也不怕老太婆的結界是吧。」

「不。」安迪笑了笑，自嘍囉手中接過一個黑褐色行李箱，說：「宜蘭穆婆婆的大名和這口古井的傳說，台灣日落圈子誰沒聽過；我們手中指魔強歸強，但如果少了黑夢支援，受困在這結界裡，一旦力量耗盡，也只能坐以待斃了。」

「你知道要坐以待斃了還謝我個屁！」穆婆婆哼哼地說：「年輕的惡老虎，你可別到了這個時候，才開始扮斯文，老太婆可不吃這套呀。」

「當然不是。」安迪笑著揭開那黑褐色行李箱，取出一只古怪大鬧鐘，撕下鬧鐘上的封印符籙，對著鬧鐘伸指畫起咒來。

「他到底想做什麼？」青蘋和孫大海擠在穆婆婆身後，透過磚牆上的小木窗，遠遠地瞧著廊道裡安迪的動靜。

只見安迪施完了咒，就將那大鬧鐘放在地上。大鬧鐘綻放出紅光，指針飛梭旋轉，發出一陣又一陣響亮的滴答聲。

那滴答聲似乎有種特殊的穿透力，響亮到就連小庭院裡的青蘋等人，都感到清晰吵人的地步。

「……」穆婆婆皺起眉頭抿著嘴，手指在磚牆上小窗沿上敲敲點點，像是一時摸不透那大鬧鐘的用處。

安迪放下那大鬧鐘後，也沒有後續動作，只是扠著手靜靜站著，偶爾抬起頭望向窗外，欣賞著夕陽餘暉。

「咦！」穆婆婆透過小窗盯著安迪半晌，身子陡然一震，伸手按上磚牆，似乎感應到了什麼動靜，跟著她驚訝地在數面磚牆前來回繞走，還不耐地推開跟在後頭的孫大海和青蘋，不耐罵著：「讓開，別礙事！」

「怎、怎麼了？」青蘋和孫大海訝異地相望一眼，見穆婆婆神態舉止從驚訝轉爲慌亂，都不知道發生了什麼事。

「好樣的，那些傢伙竟然能夠騙過老太婆——」穆婆婆在一面牆前站定了腳步，雙手往牆上一拍，牆上本來幾扇窗像是洗牌般重新排列，穆婆婆望著幾扇新生出的小窗，怒氣沖沖地往裡頭瞧。

青蘋和孫大海急急趕去，擠在穆婆婆身後，探頭往那幾扇窗裡看——

那是囚著先前凌子強、阿四等那些車隊混混，以及王家傘師們的幾處地下囚室。

此時數十名傘師眼耳口鼻都溢出怪煙，紛紛捧腹嘔吐起來。

他們吐出大量黏液，黏液中是無數小蟲，那些小蟲在黏液中蠕動，跟著紛紛張開翅膀飛了起來。小蟲們飛到石牢牆上，扭動著身子鑽入牆裡。

石牆立刻出現了裂縫。

裂縫中溢出奇異煙霧。

「好傢伙！」穆婆婆怒吼一聲，雙手在磚牆上重重一拍，數間石室轟隆一震，裂開的牆面全數在數秒內恢復原狀——

但隨即又在數秒後再度裂開，且裂痕更大。

「這是什麼鬼法術！」穆婆婆連連拍擊磚牆數次，不停修補石牢壁面的裂痕，但剛修補完，石牢壁面立時又崩出新的裂痕，且每一次崩裂，程度都更加嚴重。

王鳳鳴等傘師的臉孔和身軀逐漸發黃枯瘦，他們腹中的怪蟲卻像是永無止盡地自口裡湧出。

淩子強、阿四等受囚混混們，則瘋狂地自石牢破損的鐵欄中逃出，四處流竄，大叫大嚷地喊打喊殺起來。

「那些傢伙原來是伏兵，是黑摩組故意派來讓我們逮著的……」孫大海見到這情景，終於醒悟，驚慌說著：「他們身子裡藏著邪術，那些蟲子能夠破壞穆大姊的結界！」

「所以剛剛那個大鬧鐘，就是發動邪術的道具……」青蘋聽孫大海這麼解釋，這才知道安迪一直態度從容，原來早已準備好應變之道。

「臭小子，算你厲害，那些傢伙竟然能將這些蟲子藏在身體裡，瞞過老太婆的眼睛——」穆婆婆憤怒撥來一扇窗，揭開窗子，朝著窗外廊道裡的安迪怒斥。

「這些『蝕天蟲』跟協會到處破壞結界時使用的草，原理上差不多，並不算什麼高明的東西，真正高明之處，是我一位朋友。」安迪微微笑著，說：「他以結界法術，將蝕天蟲藏在那些傘師全身各處內臟裡，再用『醒魂鐘』解開結界術力，將蟲放出。」

「好傢伙……老太婆玩結界玩了幾十年，也不知道活人內臟能施結界藏東西，是老太婆技不如人吶！」穆婆婆恨恨地按著磚牆，轉頭望了十數步外那古井大樹一眼，跺了跺腳，倚在井旁的竹掃把高高彈起，在空中打了幾十個轉，飛至穆婆婆手上。

「您別自責。」安迪笑著說：「我那位朋友可不是一般人，他的結界法術即使號稱世界第一也絕不誇張。輸給他，並不是令人羞恥的事，我們的黑夢，可也是他一手催生出來的。」

「好大的口氣，老太婆今天就來見識一下，世界第一是什麼模樣……」穆婆婆握著竹掃把重重往地上一插，一連跺地數次，她每一次跺地，整個庭院都發出微微震動。

古井土堆間射出一道道光芒，跟著，光芒搖曳流動起來，循著大樹往上爬。

整株大樹連同纏繞在樹身上的黃金葛，以及一同種在古井土堆上的百寶樹，所有枝葉莖藤都隨著流光飄動輕搖起來，且也綻放出陣陣翠綠光芒。

五彩繽紛的流光溢出古井，往整個庭院擴散，鑽進土裡、爬上磚牆、鑽入後方的房舍建築。

穆婆婆全力催動古井魄質和那些蝕天蟲正面對決。

青蘋和孫大海見穆婆婆神情肅穆、全力盡出，也不敢開口詢問情況，只能湊在窗邊，看著石牢裡的變化。只見在穆婆婆施術下，十數間逐漸崩裂的大小石牢裡那千百道裂縫都閃耀起彩光，紛紛恢復原狀。

但隨即再次裂開。

且裂痕更多更大。

四周壁面、鐵欄轟隆隆地開始崩垮。

同時，青蘋和孫大海也注意到腳下草地正微微震動著，跟著，他們發現這處小小的戶外庭院，似乎正逐漸擴大——

穆婆婆能夠任意改變結界構造，拖延敵人進犯腳步，但無法搬移古井。因此，這庭院等同是古井最後一道防線。

先前他們早已討論過，當穆婆婆擴張庭院範圍的時候，就表示敵軍即將攻入庭院。

青蘋突然低呼一聲，她見到身邊磚牆也崩出了一條細細的裂痕。

一隻白色小怪蛾正扭著身子，努力地從裂痕中鑽出。

這是第一隻侵入古井庭院的蝕天蟲。

02陣毀針斷

小小的公寓樓頂彩光四溢，像是演唱會舞台，又像是煙花爆發的中心。

郭曉春持著十二手傘，同時指揮操縱十三把囚魂傘，在頂樓中央緩緩起舞。她的步伐並不老練、神情也略顯慌張緊迫，甚至不時被四面翻牆攻來的惡鬼、四指殺手的尖吼咆哮嚇得猛然顫抖。但圍繞在她身邊的傘魔軍團攻守之間卻井然有序，全無破綻，彷彿在郭曉春周圍築起一道銅牆鐵壁。

桐兒、萍兒和梨兒三姊妹擠在郭曉春周邊，她們過去雖然替心術不正的惡法師幹過不少壞事，各自擁有一手獨門絕活——桐兒十指指甲銳利如刀，萍兒一口鬼牙無堅不摧，梨兒一頭長髮能長能短，儼然是個迷你安娜；但此時她們面對的敵人可不比過去的平凡活人，而是專業為惡的四指殺手和受邪術控制的暴虐惡鬼大軍。三姊妹那身絕活在這批凶暴惡徒面前是小巫見大巫，此時也只能躲在傘魔軍團內圈，替郭曉春加油打氣。

「白鶴，爪——」郭曉春見眼前頂樓圍牆翻上一隻渾身長滿黑毛的巨猿，立時後退一步，將十二手傘微微前傾，她頭頂上的白鶴立時長嘯一聲，雙翅一抖，抖出萬片白羽；白羽在空中凝聚成巨大鶴爪，轟隆一爪扒下，將那巨猿踹下樓去。

「雪花！」郭曉春將長傘微微一晃，上方白鶴又一振翅，前方那白羽化成的大爪高高揚起，碰地一聲炸開，萬片白羽飛旋亂射，又將左右和後方試圖翻牆殺來的惡鬼射倒一片。

「退、退、退、退、退……」郭曉春見白鶴羽才射倒一波惡鬼，下一波惡鬼又緊接著翻牆殺來，便微微搖傘、緩緩繞圈，指揮著傘魔們紛紛後退，縮小防守圈，等翻牆聚集的惡鬼更多了，她才將十二手鬼傘微微高舉，抬腳重踏。「衝——」

傘魔們同時應聲衝鋒，本來縮小的鐵壁守陣瞬間往外擴張開來。

憨牛低頭衝撞；笨馬抬足踹蹬；虎仔張口狠咬；熊仔揮掌拍扒；悟空掄棒掃蕩；文生挺劍飛刺；樹人揮甩長枝四面鞭打；豬仔挺起堅韌大肚子狂推猛擠；鳳凰鳥隊飛竄突襲惡鬼們眼睛和腦袋；毒蛇大軍在公寓地面翻騰纏咬惡鬼們雙足；巨大的土龍們自公寓側面竄出，轟隆隆地繞了公寓一整圈，將持續爬牆的惡鬼們全撞飛墜樓。

「斬！」郭曉春再次高喊，空中那聚飽氣力的白鶴再次揚翅抖羽，凝出一片巨大厚刃，對著一個躲過了憨牛、虎仔、土龍攻擊的四指殺手重重猛劈。

四指殺手翻身躲過這記重擊，一手捏著符籙，一手握著短刀躍過熊仔腦袋，無視毒蛇噬咬，惡狠狠地往郭曉春迎面衝來，嘩啦朝郭曉春灑出一片符。

那些符在空中炸出毒煙，毒煙凝聚成一顆顆西瓜大小的鬼腦袋，張開大口往郭曉春飛竄咬去。

「汪吼——」化出人身的阿毛持著石棒怪傘攔在郭曉春面前；一聲怒吠，石棒怪傘突然張開，猶如一面石盾，磅啷啷地擋下這陣鬼符腦袋。

那四指殺手正要展開下一波攻擊，卻被悟空和文生圍上夾攻。他以短刀逼退文生和悟空，又被挺著石傘凶猛撞來的阿毛重重一撞，翻滾好幾圈後摔在圍牆牆沿。他正急著起身，腳下突然堆疊湧起大團毒蛇，那些毒蛇一面咬他，一面將他整個身子托高掀翻，扔下了樓。

另一邊也有個身手較好的四指殺手往郭曉春殺來，被樹人以長枝捲著，又被豬仔油肚子頂翻在地，再被土龍高高捲起，也扔下了樓。

「完美——」宋醫生蹲在隔鄰頂樓牆沿，朝著站在郭曉春所在公寓那加蓋鴿舍鐵皮屋頂上的安娜說：「這女孩的操傘天分好極了，王家上下幾百個傘師，沒有一個人能夠像她這樣同時指揮這麼多隻傘魔，且讓他們像支訓練有素的團隊……」

「……」安娜微微蹲弓著身子，雙手輕觸鴿舍屋頂，姿勢有點類似賽跑預備動作，像是在防範宋醫生隨時可能發動的突襲——但宋醫生的態度比她預期中從容許多。

跟著，在她隱隱感應到四周瀰漫起一股異樣氣氛時，腕上手錶突然抖動起來。

她低頭望了望錶，只見指針飛旋亂轉，警示紅光激烈閃耀，那是同時間十數個結界通道據點裡的鬼朋友們，不停傳來一道又一道的急報——

「怎麼了！」安娜急急透過對講機，向妖車詢問。「發生什麼事？」

「我……我不知道……安娜姊，我不知道……」妖車的聲音聽來驚慌失措，且不時發出驚呼。

「你在移動？」安娜聽見對講機那頭除了妖車的慌亂應答聲外，還有阿彌爺爺的鬼吼鬼叫，以及引擎發動聲。

「主……主人們在追殺我呀，嗚嗚，我好害怕，我看不見路，啊呀——」妖車尖叫著，跟著轟隆發出一聲巨響，像是撞上了什麼東西般。

「什麼？你講清楚點？」安娜驚慌問著，同時緊盯著數十公尺外的宋醫生。

「哦，開始了嗎…… 比我預期中早了些，是因為黑夢被截斷的關係嗎？」宋醫生推了推眼鏡，嘿嘿地說：「那我手腳得快點才行了。」

他這麼說的同時，一口氣摘下了兩枚戒指。

「兩隻指魔應該足夠了……」他自牆沿站起，望著隔鄰公寓頂樓的郭曉春，突然長聲一呼。「通通退下——」

持續猛烈翻牆圍攻郭曉春的惡鬼、四指殺手們，聽了宋醫生的號令，紛紛後退，有些甚至直接跳下樓。

「妖車，到底發生了什麼事？」安娜見宋醫生準備行動，立刻伸手從腰際小包中摸出兩只小瓷瓶，同時持著對講機喊：「話講清楚，不要哭！」

「房……房間裂開了……主人在追殺我……」妖車哇哇哀號著。「我看不見前面，只好倒著逃，阿彌爺爺翻書打他們……」

「什麼……」安娜仍聽不懂妖車的說話內容，只好切換對講機頻道，去問其他守衛鬼朋友們，得到的卻是許多大同小異的訊息。

「我不知道呀，安娜姊，牆壁裂開了！」

「好像地震一樣……」

「房間怪怪的，走道好像有點扭曲……」

「沒有人攻擊我們，但有些白色蟲子在牆上鑽洞，房間像是要垮啦……」

安娜還欲再問，卻陡然驚見宋醫生高高躍起。

她拋下對講機，也飛身躍起。

宋醫生落在郭曉春所佇公寓圍牆牆沿上，伸手往牆上一按，數隻大掌自公寓地面、側牆面竄出，轟隆四面拍下。

幾隻巨手拍扁了大片毒蛇軍，同時揪住一隻巨大土龍，將整條土龍自牆中抽出，轟隆甩下樓。

「哎呀，摘下戒指之後，不太容易溫柔地控制力道……」宋醫生回頭往下望，只見那數公尺長的土龍被扔下樓後，立時遭到底下的惡鬼們猛襲，但仍鑽進了地裡。

「爪！」郭曉春挺傘一指，空中白鶴撒開萬羽，聚成大爪轟隆往宋醫生拍去。

宋醫生身前豎起一隻相同大小的巨手，接下白羽大爪，喀啦一捏，白羽炸散。

「雪花！」郭曉春這麼一喊，宋醫生面前散開的白羽立時往他身上飛竄射去。

宋醫生抬手擋下射向他眼睛的十來片白羽，同時周身也竄起一片細長小手，像是一圈牆般擋下大部分射向他全身的白羽，但仍有些白羽穿過手和手之間的縫隙，扎到了他身上。

「還是有點痛⋯⋯」宋醫生吁了口氣，身上散出異煙，將扎在他衣服、皮肉上的白羽震落，又伸指將胳臂上一枚枚白羽拔下，跟著，摸了摸手上其餘戒指，像是在考慮要不要動用第三甚至第四隻指魔力量。

「要毫髮無傷地摘下一朵嬌弱的帶刺玫瑰。」宋醫生盯著郭曉春。「似乎沒有我想像中容易。」

「省省吧！你的年紀足夠做人家爸爸了，少講這種噁心的話。」安娜躍在空中，朝著宋醫生拋出手中那兩只小瓷瓶，同時甩動長髮，讓長髮在空中化成數條長鞭，鞭向宋醫生四肢。

宋醫生對安娜那些髮鞭不避不閃，任由髮鞭捲上他雙手雙腳，只是側身閃過那兩只小瓷瓶。

小瓷瓶在他身後地板砸出一陣青煙，蹦出幾隻古怪大鬼，張牙舞爪地往宋醫生撲去。

「安娜，妳想太多了。」宋醫生哈哈一笑，隨手一揮，便將那些大鬼擊得頭迸腦裂，跟著往郭曉春直直走去，且將那些捲著他手腳的髮鞭一條條隨手拉斷。「身爲男人，愛慕美麗女性並不稀奇，眼前這位天才傘師也確實青春美貌——但與我們黑摩組擁有的『囤糧』相比，這傘師妹妹吸引我的地方，是她那億萬無一的傘術天賦，而非外貌。」

宋醫生這麼說時，持續步步逼近郭曉春，他身前身後豎起一條條大小胳臂，男手、女手、獸爪、鬼臂，有的握拳有的張爪，像是一支支待射的弩箭，對準了郭曉春與她身邊的傘魔部隊。

安娜冷冷哼了一聲，來到郭曉春身後，又從腰包摸出兩只小瓷瓶。她明白宋醫生口中的「囤糧」，指的自然是在黑夢範圍裡的所有活人，此時受到黑夢影響心智的活人有數百萬之多，不論是當成奴僕、玩物甚至是食物，確實全然不缺。

黑摩組併吞了整個王家勢力，取得王家十數座傘庫裡那成千上萬的囚魂傘，還包括那把囚著王寶年的數公尺巨傘。然而歸順的上百傘師中，卻無優秀人才，等同空有大批重武器，卻無人能夠展現這些囚魂傘百分之一的價值——

郭曉春顯然是填補這缺憾的最佳人選。

宋醫生拍了拍手，他身前身後一隻隻大手、小手紛紛抓向郭曉春及所有傘魔。

「退、退、退、退、退……」郭曉春指揮著眾傘魔不住後退，退到鴿舍前，見宋醫生終於發動攻勢，立時抬腳往前重踏半步，如同擂下戰鼓，同時疾聲喝令：「二陣，堅城！」

圍繞在曉春周身的傘魔們同時往前一踏，踏出一片彩光，豬仔、樹人守住郭曉春正前方，當先攔下好幾隻竄來的怪手。豬仔大肚子又軟又韌，任由兩隻怪手揮拳打進他肚子也不痛不癢；樹人一身堅皮如同鎧甲，被鬼爪扒出裂痕也能快速復原。

熊仔、虎仔分立豬仔樹人兩側，一個舉起熊掌一個張開虎爪，劈里啪啦地格擋左右夾擊而來的怪手；悟空駕著憨牛、文生騎著笨馬，分別守在更外側，挺劍掄棒游擊攔阻那些漏網怪手。

毒蛇大隊和幾條土龍在郭曉春身邊四處游竄，毒蛇纏捲小手，土龍抵抗大手；空中白鶴振翅揚羽，化出白色大爪，協同鳳凰傘的鳥軍攔截那些位置較高的怪手。

「仔細想想，過去我還真沒打過這種架……」宋醫生雙手交扠，左腳腳尖規律地輕拍地板指揮著怪手作戰，圍攻半晌，卻始終無法突破郭曉春十二手傘那銅牆鐵壁般的守勢。

傘師本人的肉體強度與常人並無太大差異，要是狠下重手，恐怕會嚴重傷及郭曉春；相較於邵君、鴉片，或許不太介意各自的狩獵目標少隻手或斷隻腳，但略微有些完美主義的宋醫生更加在意戰利品的完好程度。

「雜枝廢葉可以不要，鮮花必須完好如初——」宋醫生抿了抿嘴，摘下第三枚戒指，像是決定將郭家十二護身傘這批傘魔，排除在「戰利品」名單外。

奇異流光在他眼中轉動，數十隻攻城怪手像是灌入了新的力量，皮膚上筋脈浮凸蠕動，瀰漫凶煙。

「白鶴，撩——」郭曉春滿額大汗，持著傘柄的雙手流光縈繞，空中白鶴以白羽化出的巨爪一分為四，變化成四支小爪，替其他傘魔掩護防守；四隻小爪速度飛快，與四面八方的怪手撥撩格擋，像是武術電影中的快手對招一般。

郭曉春雙眼閃耀著金色光芒，她除了透過口頭下令之外，更能夠透過繫著傘魔們的千萬條光絲，直接以心思意念驅使傘魔行動，這也是她能夠獨力指揮整支傘魔大軍整齊行動的緣故。

眼前的怪手群們儘管得到第三隻指魔之力加持，仍然無法突破她那傘魔軍團的「堅城」守勢。

「嗯，即便是雜枝廢葉，似乎也挺棘手的……」宋醫生漸漸感到不耐，眼前這批傘魔的戰鬥力量，遠遠超出他的預期。這些傘魔非但不是能夠輕易摘下的雜枝廢葉，且更像是龍鱗龜甲般堅韌不屈。

「小心。」安娜貼近郭曉春，低聲提醒：「他打算動用更強大的力量了，別硬碰硬，準備撤退——」

「……」郭曉春此時全部心神幾乎與傘魔大陣融為一體，一時無暇顧及身邊動靜，像是聽不進身邊任何聲音般。

「為什麼要撤？安娜姊姊？」桐兒等躲在郭曉春腿邊的三姊妹們，齊聲問：「那眼鏡男人看起來也不怎麼樣呀，曉春只守不攻，就擋下他那些手，傘魔們還沒出全力呢——」

「不。」安娜說著雙手一揚，又拋出兩只小瓷瓶。「這傢伙不是弱，而是貪心。他保留實力，是怕傷及戰果。但他久戰不下，也只能摘下更多戒指，那些指魔除了提供強大力量，也會讓人更加凶惡粗暴，到時候他可未必和現在一樣斯文。」

安娜說話時拋出的兩只小瓷瓶，又在宋醫生身邊左右炸出兩隊怪鬼，張牙舞爪地朝宋醫生擠去，數秒間便被怪手扯得四分五裂。

「嗯，安迪可以在催動十隻指魔的情況下，依舊保持紳士風度，他做得到，我做不到嗎？」宋醫生吁了口氣，終於摘下第四枚戒指。

一股股煙霧氣流在他周身旋繞起來，他微微昂頭，閉上眼睛。身前那怪手群不但沒有一舉增強攻勢，反而減緩了攻擊速度。

宋醫生此時的模樣，就像是在精密微調那些怪手群在得到第四隻指魔之力後的力量控制。

「就是現在！」郭曉春像是逮著了個千載難逢的機會，抬步往前一跨，十二手傘往前一挺，尖聲斥喝：「白鶴，斬！」

空中四隻白羽小爪瞬間凝聚成一片巨大厚刃，朝著宋醫生腦袋劈去。

同時，毒蛇群往前爬湧、飛鳥群往下俯衝，目標全是宋醫生。

「不——」安娜見郭曉春轉守為攻，急忙一把揪著郭曉春後領，同時伸手在半空畫下一道符令。

宋醫生眼睛睜開，側身閃過白羽重刃劈擊，踩過毒蛇大隊往前急竄，那些毒蛇甚至在宋醫生竄過之後才來得及張開口，什麼也沒咬著。

下一刻，宋醫生已經竄到豬仔和樹人面前，雙手插進了他們身子之中。

宋醫生雙手一揚，舉起豬仔和樹人，雙眼緊盯著郭曉春。

熊仔、虎仔揮掌左右夾擊，悟空、文生也刺劍挺棒，白羽重刃也化為彎勾，同時對準宋醫生前後左右攻來。

宋醫生沒有進一步反應，任由凶虎雙掌拍擊、長劍鐵棒捅胸，還讓那白羽重刃刺中後背——全部攻擊都像是擊在堅岩上般，僅微微擦傷宋醫生皮肉，穿不透他的骨頭。

「嗯？」宋醫生皺了皺眉，瞥了瞥腳下地板，他可不像鴉片那樣喜歡藉著硬捱敵手攻擊來展示自己的強悍。

他在傘魔發動攻擊的同時，其實已經做出了反應。

但他的反應沒有反應——

他那些怪手群，並沒有如預期般從身邊竄出來替他擋下傘魔攻勢。

傘魔們可不給宋醫生深思機會，第二波攻擊再次快速襲向宋醫生全身，但仍然無法對他的身體造成明顯傷害。

轟隆兩聲，宋醫生將樹人和豬仔重重甩在地上，身子向後一蹦，躍出極遠，神情迷惘，望著郭曉春和安娜。「妳們……做了什麼？」

「哦，你沒發覺嗎？」安娜哼哼一笑。「你已進入了我的結界。」她這麼說時，一手仍揪著郭曉春後領，防止她繼續追擊。

同時，安娜又取出一只小瓷瓶，對著宋醫生揚了揚，說：「我對你扔這些小瓶子，可不是爲了讓瓶子裡那些大鬼攻擊你，而是讓大鬼掩護一批小鬼，趁亂替我添磚鋪瓦蓋結界呢。現在你身陷我的結界，與世隔絕，當然變不出你那些手了。」

「是嗎？」宋醫生神色陰晴不定，左顧右盼，只見四周仍是公寓樓頂模樣，但圍牆外景色朦朧，原來安娜竟在遊鬥過程中築出了臨時結界，將他們與外界阻隔起來。

「妳以爲這樣就能擋下我？」宋醫生哼了哼，微微彎腰，一掌拍在地板。

地板以他爲中心出現數道裂痕，五隻怪柱自他周身地板破地而出——那是一隻巨手的五指指尖。

「趁現在！」郭曉春疾喊一聲，鼓動全力再次催動傘魔準備發動猛攻，但腰際猛地又癢又痛，竟讓安娜狠狠抓了一把，她還沒反應過來，便讓安娜長髮架住了脅下，將她整個身子騰空托起。

「趁現在快逃吧！」安娜沉聲一喝，高高躍起，躍上側邊牆沿，跟著猛力甩頭，驅動長髮，將郭曉春整個人連同十數把傘全甩上了半空。

全神貫注戰鬥的郭曉春這才回了神，想起事先與安娜討論過的戰術中，確實沒有與黑摩組成員正面死戰這個選項。剛剛要是安娜沒有制止，即便她一擊得逞，說不定反而會激怒宋醫生，使他全力回擊，大家可都難全身而退了。

「撤——」冷靜下來的郭曉春在空中急忙一喊。

十二手鬼手上那十二把傘瞬間收去十一把，只張著白鶴傘。

白鶴揪著郭曉春和安娜，振翅高飛上天，其餘大隊傘魔則瞬間化成光煙，倏地鑽回傘裡。

被一同捲上空的阿毛翻了個筋斗變回狗身，咬著他那把專屬石棒傘撲在郭曉春懷裡，桐兒、萍兒、梨兒三姊妹也像是無尾熊般，攀在郭曉春腿上一同飛天。

宋醫生見郭曉春飛天時，本能地呼喊怪手竄天抓人，但見四周沒有反應，立刻意識到自己還身陷安娜結界。

他急奔到圍牆前，見郭曉春和安娜已經飛往隔鄰樓宇，只好舉起雙手重重往牆沿一拍，全身魔氣激衝，一舉將安娜這臨時結界轟隆破壞驅散，公寓牆上竄出各式各樣的巨大怪手甩向對面公寓，像是搭出了一座橋般。

宋醫生飛快追去。

那頭，安娜剛落上公寓樓頂，立刻甩破一只新瓷瓶，同時揮手施咒，只見四周青光閃耀、磚石疊堆，像是建築加蓋般又築出一個新的結界——無論是小瓶子裡那些「建築工」，或是安娜本人，建築結界的速度當然沒有這麼快。但在先前許多天準備過程中，安娜早已在四周樓宇上完成了大部分結界工事，這些小瓶子和裡頭的小建築工，猶如機關陷阱的發動扳機，一經安娜施咒下令，立刻四處亂竄、啓動結界。

轟隆一聲，結界壁面破了個大洞，宋醫生撞了進來。

安娜和郭曉春已經奔上頂樓另一側圍牆，郭曉春再次指揮白鶴帶著她們飛天，安娜則是回頭甩出一束髮鞭襲向宋醫生。

宋醫生接住那髮鞭，猛力一扯，但髮鞭倏地斷開，炸出萬千黑絲，往他臉上纏。同時他的腳下也掀起一張張髮網，髮網上還攀著一隻隻貼著符籙的怪異娃娃，撲上宋醫生的身子引燃符術，燒出熊熊烈火。

那些烈火甚至連宋醫生的衣服都沒燒去，就被他身上炸散出的魔氣衝熄。

「我們的結界陷阱恐怕不夠用……」安娜與郭曉春落在下一處公寓頂樓，那棟樓四周同樣有著她事先布置好的結界陷阱。

她和郭曉春的任務，就是守護雜貨店周圍針陣不受破壞、阻擋黑夢入侵，好讓雜貨店裡的穆婆婆有充裕時間，動用古井魄質指揮結界，對付無法使用黑夢的黑摩組成員。

她見緊追在後的宋醫生只花十數秒，便能摧毀一處她花費多時布置的結界陷阱，不免心慌；同時她手腕上那手錶，一路上不停激烈閃耀著紅光。她知道雜貨店結界裡發生了預期外的狀況，卻不知道究竟發生了什麼事。

「啊！」當安娜和郭曉春再次躲開宋醫生的追擊，踏上另一處公寓樓頂那加蓋鐵皮屋頂時，聽見遠處發出了沉重的崩裂巨震聲。

本來被擋在十數條街外的黑夢建築群，又開始轟隆隆地往內碾壓。

站在高處的她們，也見到各處盈亮的針陣光芒，逐漸黯淡下來。

「怎麼會……」安娜駭然大驚，這些天在她規劃主導下，在整個雜貨店周圍布下天羅地網；除了第一圈針陣之外，還有第二圈、第三圈針陣機關。他們煉製了極大量的符籙，搜刮了整個鎮上的筷子和竹籤，將那些「針」在每一處公寓樓宇中擺設得密密麻麻，除非全數遭到破壞，否則應該能夠抵擋極長一段時間。

「針陣失效了？」安娜領著郭曉春繼續奔逃，與後方的宋醫生始終保持著一到兩棟公寓的距離。她們來到離雜貨店較近的樓頂，安娜朝雜貨店看了幾眼，只感到雜貨店微微散溢出不尋常的氣息。

她轉頭，見到宋醫生似乎停下腳步，不再窮追，而與她們相距超過四間樓房以上，使她有足夠的時間帶著郭曉春躍到雜貨店樓頂。

數條街外旋起一柱柱黑色龍捲風，龍捲風颳過之處，公寓矮樓像是被澆了神奇肥料般，轟隆隆地拔高升長成參天巨樓。

雜貨店頂樓也像是颳起颱風般，將安娜的長髮吹得張揚亂竄，將郭曉春的紙傘都要吹飛；郭曉春只得連忙收起紙傘，讓阿毛再次變成壯漢身形，用那粗壯雙臂一把摟著全部的紙傘。

「嗯？」安娜單膝蹲下，伸手在雜貨店樓頂按了按，只感到地板發出微微震動，跟著，她注意到一處亮點，那兒竄出了一隻小小、身泛螢光的飛蟲。

那飛蟲像是鑽出水面的飛魚般，只在外頭停留了兩秒不到，又噗地鑽回地板。

「這是——」安娜雙眼睜大，進一步發覺四周竟飛著有不少這樣的小蟲，她快手一探，抓著一隻自腳邊躍出的小蟲，捏著小蟲翅膀湊近瞧了瞧，驚呼一聲：「這是會吃結界的蝕天蟲！爲什麼這蟲子會出現在這裡？」

她一面驚嚷，一面奔向四周牆邊仔細張望，只見在狂風中，附近街道確實也有不少同樣的飛蟲盤旋亂竄，那些蝕天蟲不僅能夠破壞結界，也能抑制針陣術力。

安娜驚慌之間，突然感到背後白光陡現，轉頭一看，是郭曉春重新開傘喚出了白鶴。

她本以爲宋醫生再次來襲，但見空中白鶴張翅、白羽紛飛，化爲兩隻小爪，卻是朝她襲來，將她揪上半空，按著她轟隆往水塔上一撞。

「曉春妳做什麼！」桐兒、梨兒、萍兒三姊妹見到郭曉春竟對安娜發動攻擊，嚇得蹦離老遠。

「別……太粗魯，她……獨立異能者……長髮安娜……也極有價值……」郭曉春雙眼呆滯，像是聽不見三姊妹的呼喚。她口唇緩緩張闔，像是在重複著耳邊傳來的聲音。

「今晚又是大豐收的一夜。」宋醫生的聲音，隨著那黑夢暴風颳過眾人身邊，颳進郭曉春耳裡。

「啊呀，妳做什麼？爲什麼捲著我？」桐兒尖叫一聲，朝著梨兒斥罵起來。

梨兒的長髮不知什麼時候捲上了萍兒和桐兒的腳踝。

「我……」梨兒理直氣壯地說：「我要把你們獻給主人……」

「什麼呀，妳腦袋壞掉了嗎？」桐兒氣得揮臂一甩，十指指甲唰地伸長，正想割斷梨兒長髮，一旁同樣被捲著腳的萍兒卻向她躍來，一把將她撲倒在地，嘴巴一張，滿口利齒就往她頸子咬去。

「哇！」桐兒連忙抵著萍兒下頷，大聲驚叫：「妳們、妳們發瘋啦？」

「……」安娜見郭曉春那呆愣模樣，又見三姊妹內鬥起來，知道這是黑夢效力，一時也無計可施；她那頂內藏小型針陣的安全帽雖在戰鬥過程中隨手扔下，但她本身是結界高手，且身上還施著數種醒神和保護心智的符術，因此一時間尚未受到黑夢影響。

「安迪說得對。」宋醫生的聲音自遠而近傳來，巨手將他托至雜貨店樓頂近處，他躍過牆沿，來到持傘的郭曉春身邊，摸摸她腦袋，跟著朝被白鶴按在水塔上的安娜走來。「不論面對任何敵人，都應該鼓足全力，畢竟你們的花招實在太多了，一不謹慎，隨時可能翻船。」

他一面說，一面戴回摘下的戒指，但仍保持兩指空指，維持著兩隻指魔運作。

「我真好奇，在這種情況下……」宋醫生望著安娜，說：「一向足智多謀的長髮安娜，還有什麼方法能夠脫困？」

他這麼說時，黑色霉斑飛快覆蓋住整個雜貨店樓頂和那座小小的水塔。

水塔壁面上竄出一條條金屬鐵銹和鎖鏈，取代白鶴爪子，將安娜雙手雙腳和腰際、頸子，緊緊地捆縛在水塔壁上。

「……」安娜見宋醫生已經來到眼前，黑夢力量籠罩住四周，郭曉春也受黑夢控制，一時無計可施，只能苦笑嘆氣，說：「你過譽了，我並非無所不能，至少現在……

我插翅難飛，只能任人宰割了。」

「不……今晚你們能夠抵抗到這種程度，已經很不容易了，別忘了協會台北分部、晝之光的夜天使，都是黑夢的手下敗將。」宋醫生扠著手，微笑著對安娜說：「安迪對妳評價極高，他常說倘若妳願意加入我們，他絕對會認眞考慮讓妳成爲第六人。」

「眞是不敢當啊……」安娜哼哼地說：「落到現在這處境，表示我思慮比不上你們。我們有抵抗黑夢的密招，你們當然也有破壞結界的法寶……其實我也不是沒想過這點，且也做了準備……但你們這些蝕天蟲能夠躲過我那些娃娃眼線，也不怕青蘋那些爆炸神草，你們養出一批這麼厲害的蝕天蟲，我輸得心服口服……」

「是，也不是。」宋醫生笑了笑，說：「厲害是眞的，但不是這些蟲子厲害，是藏蟲子的手法厲害；這些蟲子不是從外面攻進來的，而是從王家傘師身體裡孵出來的——那些蟲卵有特殊結界保護，你們沒有察覺。」

「能夠騙過我和穆婆婆的眼睛，那我更佩服了。」安娜嘆了口氣，說：「不過你現在明明有大好機會，但不殺我們，還滿嘴廢話，仍然不夠謹愼。」

「妳不是說自己已經插翅難飛、任人宰割了嗎？」宋醫生哈哈一笑，彈了彈手指，那大批惡鬼、殺手手下，又紛紛攀上雜貨店樓頂，其中有些傢伙扛著幾具模樣古怪的鐐銬來到宋醫生身後。

「我現在插翅難飛，不代表我一直插翅難飛。」安娜冷冷地說：「說不定我在騙你，其實我也留有備案和幫手……總之呢，現在是你殺掉我的大好時機，而你似乎並不想要把握。」

「殺掉妳的大好時機，隨時都是。」宋醫生笑著說：「但我想天底下沒有一個肉攤老闆，會擔心魚蝦肉塊從攤子上逃跑的。」

郭曉春手一鬆，素白紙傘落在地上，由於她並未收傘，因此白鶴依舊高飛在天上，卻收去了按著安娜雙臂的白羽爪子，靜靜飛到郭曉春頭頂，緩緩振翅盤旋著。

兩隻惡鬼持著手銬腳鐐要去鎖郭曉春，一個被阿毛揮拳撂倒在地，一個被白鶴揚羽揮飛老遠。

「汪吼——」阿毛拋下抱在懷裡的十數把傘，高高舉起他那把石棒傘，凶猛攔在郭曉春身前，朝著宋醫生發出威嚇怒吼。

「真是不可思議……」宋醫生望著郭曉春頭頂那白鶴，說：「我從未見過傘魔能夠在主人放開傘的情況下，自發性地守護主人——就像是忠犬一樣，郭家傘術確實有獨到之處。」

「不是郭家傘術厲害，是郭家人善良。」安娜哼哼地說：「如果用王家煉傘的方法，再怎麼天才洋溢，也不可能煉出郭家這些傘魔——曉春把阿毛、白鶴和其他傘魔都視爲家人孩子，他們只是忠誠回報她的愛。」

「或許吧。」宋醫生不置可否。

兩隻惡鬼接替那被白鶴和阿毛打倒的惡鬼，撿拾起鐐銬，再次上前要鎖郭曉春。

這一次，阿毛和白鶴還沒有進一步動作，郭曉春已經先有了行動，她上前踮起腳，捏著阿毛耳朵，將他腦袋拉矮些——

一巴掌打在阿毛臉上。

跟著，郭曉春轉身，指著白鶴，再指指地上的白傘。

白鶴仰起長頸，高高長啼，像是做出最大的抗議，但還是鑽回傘中。

郭曉春舉起手，任惡鬼將那奇形怪狀的鐐銬鎖住她的手腕和腳踝。

「汪——」阿毛變回狗身，扔下他那不離身的石棒傘，像是隻受了委屈的小狗般，在郭曉春身邊奔繞哀號起來。「汪汪汪汪汪嗚、嗷嗷嗚——」

「妳看見了，善良與愛的力量，便僅僅如此。」宋醫生哈哈大笑起來。「黑摩組要的，是最強的力量。」

「……」安娜不再作聲，默默讓宋醫生手下嘍囉持著那古怪鐐銬鎖上她手腳。

03澡堂亂戰

鴉片轟隆一聲擊垮一面牆。

他追入一處瀰漫著蒸騰熱氣，猶如溫泉景點、巨大公眾澡堂般的寬闊空間。

另一邊壁面，也轟地炸開，竄進來的凶惡身影則是邵君。

他們兩人原本各自領著的隨從手下們，都在這段隨興追逐的過程裡落後走散。

鴉片和邵君互看一眼，鴉片臉上、胸口還留有小八的殘糞，邵君則被鬆獅魔咬去舌尖，他倆本來的從容到了此時，變成了焦惱，甚至於尷尬。他們也無心客套問候，只想儘快逮著夜路和盧奕翰，然後循著原路直取古井——儘管他們已經發現黑夢指路胳臂消失無蹤。

「動作眞慢，等你們好久了——」夜路的聲音嗡嗡地迴盪在寬闊澡堂中，像是從好幾處擴音設備同時發出般。「那個叫鴉片的，還不滾過來替老子擦背！」

「你出來，我就替你擦背。」鴉片喀啦啦地扳著手指。「我不想浪費時間了，我要把你們兩隻老鼠的脊椎骨給擦斷。」

「幫人擦個背也能擦斷脊椎骨，你簡直心理變態！」夜路大罵：「還有另一個變態，妳不是喜歡舔人嗎？再舔吶！妳再給老子舔看看呀——」

「嘶——」邵君張開嘴，再次伸出舌頭，此時她的雙眼瞳孔豎成直直一條線，本來被咬斷的舌尖竟分了岔，變得如毒蛇蛇信一般。「你想要我舔你哪個地方？」

「哇，想嚇唬我啊，老子金身玉體妳配舔嗎！」夜路大聲說：「妳舔我拉的大便好了！」

鴉片深深吸了一口氣，令自己胸膛鼓脹起來，跟著渾身凶氣爆發，發出一聲巨吼——將本來澡堂裡瀰漫的迷濛蒸汽瞬間驅散，他與邵君這才稍微看清楚這整片澡堂區域，比起初想像中還要寬闊許多，有好幾座大浴池分散在各處，沿途有各種造景走道和狀似蒸汽室、休息室的小木房，簡直如同一處大型觀光溫泉景點。

鴉片這吼聲剛平息不久，蒸汽又快速瀰漫起來，四周變得迷濛一片。

鴉片走出幾步，突然腳下一滑，像是踩著了肥皂，但他反應極快，立時變換腳步——

但肥皂不只一塊，且鋪滿在腳下四周，因此他儘管在一秒內變換了數次步伐，依舊摔了個狗吃屎。

「混蛋，走個路還會跌倒！」夜路毫不放過這叫罵機會。

邵君飛快朝著夜路發聲處——一間小木屋竄去，飛彈般衝垮整間小木屋，卻沒找到夜路人影。夜路說話聲音是自小木屋裡的擴音設備發出。

「妳幹嘛啊，這樣很好玩嗎！」夜路再次迴盪在整座澡堂中。「小八，這瘋婆子在我們家搞破壞，懲罰她——」

嘩啦一聲，邵君頭頂上方灑下一片熱水。

邵君飛快閃開，卻踩進一處低窪水坑，水坑裡也擺滿了滑溜肥皂。她與鴉片一樣，儘管反應快絕，但不論怎麼變換腳步位置，都會接連踩著幾乎鋪滿整片地面的肥皂，只能噗通摔坐進水池裡——

那是接近沸騰的一池滾水。

「……」邵君自水裡探出頭，她全身灌注了指魔之力，別說是沸水，即便是烈火也傷不了。她索性盤腿坐在水裡，對鴉片說：「他們這樣子和我們玩捉迷藏，我們找不到他，乾脆回頭和安迪會合好了，免得他之後怪我們貪玩不幹正事……」

「妳去吧……」鴉片順手從另一池水裡掬了些水擦臉，像是想洗去身上屎味。

邵君攤攤手，倏地自沸池中躍起，她起身時看準了一處沒有肥皂的地面，但落地時依舊摔了個四腳朝天，且滑出好遠——光潔的磁磚上也塗滿了滑溜的肥皀液。

「混蛋，不付錢就想走？」夜路喝斥：「給我留下，好好洗乾淨你們污穢的心！」

夜路這麼說，邵君頭頂又灑下一片水。

這次邵君索性不避不閃，任由那水澆淋，儘管她做好了被滾水淋身的準備，但仍微微一驚——這次淋在她身上的是一陣冰水。

她才從近百度的沸水中躍出，被淋了一身冰水，儘管無法傷她分毫，卻能令她嚇一跳。

夜路知道鴉片和邵君的肉體因爲指魔之力而強悍無匹，他無法傷害他們的身體，便指揮小八搞些肥皀、冷熱水之類的把戲，試著令他們焦慮煩躁。

「一天洗不乾淨，就洗兩天；兩天洗不乾淨，就洗二十天；二十天還洗不乾淨，就別出去了！」夜路說：「你們手裡的指魔很凶是吧，我倒想看他們能凶多久？要是主人幾十天不吃飯，他們還凶得起來嗎？哼！」

「眞的讓安迪說中了，敵人一旦切斷黑夢，我們就算手裡的指魔厲害，也要遭殃。」邵君吁了口氣，盤腿坐著，放棄抵抗。

跟著，她覺得身子開始滑動，原來這地板竟開始微微傾斜，邵君像是溜滑梯一樣倏地滑動起來，轟隆一聲撞上一根石柱，且嘩啦又被澆了一頭熱水。她抹了抹臉，說：「小作家，你花招真的很多，不如來我的俱樂部當編劇好了，應該會更有趣……」

「當編劇是吧，好啊！」夜路哈哈大笑說：「一個短腿變態男人，跟一個長腿變態女鬼，受困一間澡堂，會激盪出什麼變態火花？這設定太精采了，起碼可以發展出一千種變化！」

「阿君妳別跟他廢話啦，那混蛋，妳講一句他頂十句！聽得心煩，等安迪攻破古井，他們想逃也逃不了了。」鴉片焦躁地左顧右盼，像是想要尋找出路，但此時四周蒸汽迷漫、地板滑溜，且內部構造不停變化，他們連離開這間澡堂都相當困難，索性全坐下來，任憑夜路和小八不停以冷熱水交替淋他們。

「左邊一點、左邊一點，右邊、右邊，對對對——」夜路的聲音持續迴盪著，像是在跟小八討論如何改造這大澡堂的構造般。

啪地一聲，邵君在東歪西斜的澡堂地面滑行半晌，竟撞在鴉片身上。

「……」鴉片抹了抹臉，像是盡量忍耐夜路的惡作劇。

「哈哈。」邵君倒是忍不住笑了，倚著鴉片的身子說：「安迪要是知道我們被整成這樣，會說什麼？」

「我懶得聽他說什麼……」鴉片不耐地說：「之前約定過了，我們五個，平起平坐，沒人有資格教訓另一人。」

「但他確實是我們的頭兒。」邵君說：「我不反對他當老大，他的腦袋確實比我們都好，要是沒他帶頭，我可能什麼也做不成。」

鴉片聽邵君這麼說，也沒反駁什麼，只是哼了哼，抹去臉上水漬。

轟隆一聲巨響，某處壁面又炸出一個大洞，衝入兩個飛快身影。

「哇！」夜路、小八和盧奕翰也驚呼一聲，像是沒料到這變化。

鴉片和邵君立時自地上站起，只見朦朧霧影中黑影四竄、火光閃耀且夾雜著各式各樣的污言穢語，像是有人正在激烈惡戰的同時，還彼此叫囂互罵。

「臭婊子，這又是什麼鬼地方啊？」

「臭狐狸，這妳地盤耶，妳反過來問我！」

是硯天希和莫小非。

「哇——」也不知道是誰發出的尖叫，或者兩人一齊發出的尖叫，跟著是一陣磅啷啷的撞擊滾地聲，她們同樣躲不過地板上滿滿的肥皂。

「痛啊！」夏又離發出哀號，他沒有硯天希的強韌魔體，也沒有黑摩組的指魔巨力，跟著硯天希一同滑倒，在堅硬磁磚上翻摔滑行，痛得怪叫起來。

「啊呀，是又離呀！」夜路和盧奕翰同時驚呼。

澡堂裡的蒸汽立時褪去大半，使得鴉片、邵君、莫小非和硯天希、夏又離，都能夠看清彼此位置和情況。

「啊呀，鴉片、阿君，你們怎麼也在這裡？」莫小非見到鴉片和邵君，又驚又喜地尖叫起來。

「臭婊子不要鬼叫，妳的聲音聽起來很刺耳！」硯天希伏在地上，同時用手肘微微對著背後的夏又離頂了個拐子，怒斥：「你這什麼爛身體，你摔得疼我也跟著痛。」

「我……我有什麼辦法……」夏又離捣著全身瘀青，說：「這裡是哪裡呀？夜路、奕翰，剛剛是你們在說話？你們也在這裡？」

「哇！那女人是誰呀？」夜路和盧奕翰的聲音持續迴盪在四周。「那是……天希？

她眞的生出魔體了！她跟又離黏在一起？」

「對呀，黏在一起，分不開呀，快想辦法救我！」夏又離聽見夜路和盧奕翰的聲音，仰起頭來左顧右盼。

「怎麼辦？接她們來這裡？」「不行呀，天希還是瘋的，見了我們一樣要打。」夜路和盧奕翰的聲音焦躁迴盪，卻不知道究竟從哪裡發出。

「那小作家跟協會打手也躲在這裡。」邵君像是一時不知該如何跟莫小非解釋她與鴉片此時的處境，只得隨口帶過。「這裡是他們的陷阱，我們現在出不去了。」

「陷阱？這叫陷阱？這裡不是溫泉嗎？」莫小非驚訝四顧，一下子不曉得這溫泉澡堂何以稱得上「陷阱」，但她也無心細想，說：「既然這樣，幫我逮這臭狐狸吧，她煉出身體了，變得好厲害，我摘五枚戒指還打不贏她……」

「臭婊子，摘五枚打不贏，妳不會全摘下來嗎！」硯天希怒斥一聲，揚手畫咒——她雙手胳臂立時竄出一群小手，十數隻小手同時畫咒，畫出十數個符籙光圈，光圈裡竄出一片火焰大鷹——這是墨繪的「懶人手」和「大火咒」。

十數隻大火鷹往莫小非炸去，轟出一片火海。

火海中竄出幾道黑影，黑影化成影人，掄著拳頭往硯天希打去，被硯天希第二波放出的墨繪「凶爪」那些凶悍猴子攔下，惡鬥起來。

莫小非跟著閃電般竄出火海，直取硯天希腦袋，她摘下了第六枚戒指。

硯天希又放出一波巨大火鷹，轟隆隆打在莫小非身上，卻阻不住她的衝勢；莫小非雙眼異光炸射，對著硯天希腦袋擊去一巴掌，卻被硯天希那依附上墨繪術「破山咒」的粗壯大手接著。

「汪汪汪汪吼——」七、八隻藏獒與高加索凶猛飛撲起來，咬著莫小非的手腳，這是墨繪術裡的「鎮魄」。

「去死啦！」莫小非反抓握住硯天希手腕，將硯天希和夏又離高高甩起，往地上猛力一砸；硯天希和夏又離以破山胳臂抵擋地板撞擊，將磁磚轟出一處破坑。

「妳才去死……」硯天希怒罵同時施咒，在她背後，也就是夏又離正面，又附上了那能將力量強化數倍的「力骨」；她反握住莫小非手腕，有樣學樣地將莫小非甩去撞擊地面。

接下來，她倆手握著手，不停互扯互摔、揮拳格擊，莫小非催動著六隻指魔之力，硯天希則擁有一身新煉成的強悍魔體外加力骨和破山，兩人互不相讓，揪著對方對峙扭打。

「哇！」兩人同時驚呼一聲，腳下又各自踩著新生出的肥皀，摔得騰空飛起。她倆翻騰中也沒忘惡鬥，一個掀起黑影士兵，一個喚出凶爪惡猿，打成一團再一齊落地，各自滑出老遠。

「這到底是什麼鬼地方，爲什麼這麼滑？」硯天希和夏又離滾入一池溫水中。

「哇，燙死了！」莫小非則跌入沸水裡。

「現在別這樣玩，那些怪物不怕燙，又離可撐不住。」盧奕翰的聲音急急提醒。

「什麼怕不怕……燙？」夏又離被摔得七葷八素，他身上還掛著六、七隻小貓，那是墨繪術裡能夠治療傷勢的「貓舌咒」。

「臭狐狸……」莫小非怒斥一聲，渾身戾氣爆發，見硯天希竄出溫水池朝她奔來，便雙手往池底一按，要施展影術，卻覺得雙手按了個空。原來在夜路指揮下，小八及時讓池底下陷，小非雙手沒觸著池底，自然喚不出影子，氣得高高一蹦，在空中與硯天希對了數拳，兩人雙雙落入池裡。

「哇，好燙——」夏又離感到雙腿熱燙難當，將腿高抬起來，硯天希的魔體強悍，倒是能夠忍受池中熱水，她掄動破山巨拳，一拳拳追擊莫小非。

「叫你別玩了！」盧奕翰的怒斥聲迴盪在澡堂。「又離要被你煮熟啦——」

「我已經叫小八換水啦！」夜路辯解。

「我已經加冷水啦！」小八嘎嘎叫著。

被硯天希拖著走的夏又離，褲子底下的雙腿被燙得紅通一片，若非小八在他們落池前換入大量冷水，夏又離的雙腿或許當眞要被煮熟了。

「不會吧，小非，妳摘下那麼多戒指，還打不贏那狐魔？」鴉片扠著手，遠遠觀戰，一點也沒有想要上前幫忙的意思。

「不是啦！啊呀！啊呀呀！」莫小非被硯天希掄動巨拳連連逼退，她身後池底凹凸滑溜，還不時生出肥皂，甚至擺著圖釘，她每退一步，腳下都有異狀，使她不斷分神。

相反地，硯天希每往前踏一步，池底都變得平穩甚至鋪上止滑墊，讓她安穩揮拳。

「好好玩、好好玩，小八忙不過來、忙不過來啦……」小八的聲音又是急躁、又是興奮地嘎嘎怪叫，在過往，穆婆婆自然絕對不可能讓他在家裡這麼玩耍。

轟隆一聲怪響，硯天希一記破山巨拳重重擊在莫小非臉上。

莫小非整個人被打翻，轟摔進水裡，下一秒催動數隻巨大黑影士兵一同衝出池面，卻不見硯天希——硯天希同時躍上空中，一口氣撒下一票火鷹，全炸在莫小非身上。

澡堂裡再次炸出一片火海。

一排長椅砲彈般轟在硯天希腰際，將她打飛老遠，跌落在池邊。

邵君遠遠地站了起來，那排長椅是她扔來的，她終於打算出手相助，輕輕摸著手上戒指，像在考慮該摘下幾枚戒指，才能制服這百年狐魔，她想了想，一口氣摘下六枚戒指。

「嘖嘖……」鴉片見邵君認真起來，便也站起身來，微微熱身，像是也想出手幫忙。

「好樣的，你們一起上吧！」硯天希環視三人，揉了揉持續發疼的頭，雙手飛快畫咒，兩隻胳臂分別竄出一排小手，她似乎覺得一排小手還不夠、立時各自再生三排小手，幾十隻小手同時畫咒——

一整排巨狼在她身前仰頸長嚎，但見巨狼腳邊還擠著幾隻吉娃娃和瑪爾濟斯。

「混蛋，不要學我！」硯天希微微回頭怒罵。

「他們三個要聯手了，小心！」夏又離扭頭驚叫，面前還抵著那具漆黑力骨。

「誰要你多事！」硯天希怒罵，雙手連同數十隻小手再次畫咒。

一整隊火鷹竄到她頭頂盤旋，大鷹底下還飛著幾隻火麻雀和火鴿子。

「叫你不要學我！」硯天希回頭頂了夏又離一肘。

「妳一個人打不過他們！」夏又離哀號辯解。

「放屁——」硯天希再畫咒，一整隊火焰兔子和漆黑惡猿從她背後殺出，還跟著一批火焰倉鼠和漆黑小眼鏡猴。

凶爪、鎮魄、怒兔、大火這些墨繪咒術夏又離自然都會，只是造詣不如硯天希，加上他與硯天希同時施咒，搶不贏體內共用魄質的主導權，因此畫出來的墨繪獸通通小了好幾號。

「你這混蛋聽不懂人話嗎？一直貼在我背後，把我的墨繪術使得這麼難看，真是煩死人啦——」硯天希咆哮怒罵，周身魔氣捲動，猛力一甩，像是想要將夏又離甩離她的身子。

但她只覺得後背發出一陣劇烈奇癢，那奇癢自肩背滾到胳臂，又滑溜到右手——

「啊！」夏又離和硯天希同時尖叫一聲，夜路和盧奕翰也訝然驚叫——

「嗯？」便連準備好聯手發動攻擊的莫小非三人，見到眼前情景，也不由得一愣。

此時夏又離和硯天希竟並肩站著，他的左手牽著她的右手。

「我們分開了？」夏又離呆了呆，動動左手，卻發現他左手掌心仍然緊緊黏著硯天希右手手背。

「啊！」硯天希與夏又離一樣，先是瞬間驚喜兩人身子分離，跟著發現雙手還是黏著，不免失望，但她還來不及惱怒，便見到莫小非踩著狂風暴影衝殺而來。

她那些火焰大鷹、鎮魄巨犬、凶爪黑猿、爆炸怒兔以及一票縮小跟班們，在幾秒間，便讓那片巨大黑影轟散。

「去死！」硯天希怒喝一聲，朝著竄來的莫小非猛力擊出一拳。

莫小非避頭閃開，還擊一拳，被硯天希抬起右手擋下——硯天希那巨大破山右拳上，還搭著另一枚略小一號的破山拳頭——夏又離也會破山咒。

同時，夏又離右手也閃耀出一枚符籙光陣，胳臂拳頭瞬間漲大，轟向莫小非腰際。

「喝！」莫小非全身黑風鼓動，雙手惡戰硯天希和夏又離兩人三拳——夏又離左手不動，讓硯天希操使揮拳，自己則反指畫咒，變化出小火鷹突襲莫小非。

莫小非見夏又離朝她揮拳還放咒，氣憤怒罵：「小離，你幫這臭狐狸打我？」

「他爲什麼不能打妳？」硯天希回罵。

「是啊，我爲什麼不能打妳？你們黑摩組殺人如麻，壞透了！」夏又離一面揮拳，一面在自己背後，也附上一具力骨，跟著再畫咒，唰地變化出一支粗壯木棒抓在手上。那木棒枝開葉散，還生出一朵朵花——這本是墨繪術裡的觀賞咒術，但若是將木棒變化得和小樹一般粗，自然也能當成攻擊武器，他持著這粗樹，轟隆揮掃抵擋自側面殺來的邵君。

邵君一把搶下木棒，正要反打夏又離，那木棒立時消散，她探手去掐夏又離頸子，夏又離卻倏地閃遠，原來是被硯天希甩去另一側，硯天希則自個兒轉來迎戰邵君。

被甩在莫小非面前的夏又離，立時被莫小非抓住了手腕和頸子。

同時，邵君也扣住了硯天希的破山巨手和頸子。

邵君和莫小非互望一眼，兩人身邊黑風暴捲，一同壓著硯天希和夏又離向前猛衝，飛彈般地撞出十數公尺遠，轟隆撞上一面牆——將那厚實牆面撞出一個巨大裂坑。

「啊！」夏又離儘管有力骨附身，仍讓這巨大力量撞得頭昏眼花，嘔出一口血。

「鴉片，你的對手是我！」

鴉片本來跟在邵君和莫小非身後，伺機出手，但突然聽見盧奕翰的聲音自背後發出。他轉身只見盧奕翰終於現身在一處池邊，便立時追去。

「變態女魔頭，妳的舌環在我手上，我要吞進肚子，再拉出來囉！」夜路的聲音則從另一邊發出，揚起邵君那截被鬆獅魔咬下的舌尖，上頭的舌環閃閃發亮。

邵君雙眼精光暴射，扔下硯天希，閃電般竄向夜路。

莫小非又剩下一人，被硯天希往肚子打了一拳，往後躍開老遠，準備鼓氣再戰，卻聽硯天希怪叫一聲，跟著那聲音極速飄遠，還伴著怪異回音，像是跌入洞裡。她衝上前一看，只見硯天希本來身處地板，竟真多出個地洞，且斜斜往前延伸，水道裡還有流水激沖，像是水上樂園的滑水道一般。

同時左右兩邊的夜路和盧奕翰，在鴉片和邵君殺至眼前時，也分別躍入一處洞裡。澡堂中還迴盪著小八的怪叫聲。

「婆婆、婆婆，我們擋不住了，他們太凶了——」

04古井巨龍

通體灰白的蝕天蟲自磚牆上裂縫蠕動擠出，振翅高高飛起，撲向青蘋的臉。

「哇！」青蘋嚇得撇頭閃避，跌倒在地。

她覺得撐著草地的右手掌心有些搔癢，舉起一看，也爬著一隻蝕天蟲。

她驚呼一聲，將手上的蝕天蟲甩上半空，英武倏地飛來，一口咬著那蝕天蟲，吞下肚去。

「青蘋，別怕，這些笨蟲子來一隻我吃一隻！」英武正得意吹噓，卻聽見四周草皮嗡嗡震動起來，草間陡然竄出成千上萬隻蝕天蟲。

「哇——」青蘋讓這陣飛蟲嚇得花容失色，孫大海連忙揪著青蘋想逃，但見庭院四周全是飛蟲，逃無可逃，只得不停撲打竄近身邊的飛蟲。

在他身旁一處磚牆那十數面大小木窗裡，還可見到逃出石牢的王家傘師和車隊混混們，在各處廊道裡奔跑狂嚎的模樣。

傘師們此時樣貌已不像是人，而像是可怕怪物，他們體膚枯黃，口鼻不停鑽出一條條幼蟲或是長出翅膀的成蟲。

那些車隊混混們雖未與王家傘師一樣吐出蝕天蟲，但他們似乎同樣也受到那醒魂鐘聲影響，轟狂地吼叫、四處衝撞破壞，甚至連身體模樣也逐漸改變，變得像是惡獸般凶惡恐怖。

一隻隻蝕天蟲飛到牆上、地板、天花板便鑽進去，啃噬、破壞著穆婆婆的結界；而那些飛舞在空中、尚未鑽牆的蟲，則三三兩兩地交配起來，每兩隻湊成對的蝕天蟲，十數秒內又能生出百來顆新蟲卵，且在數分鐘內便能孵化長成成蟲。

「拿這種噁心蟲子來搞老太婆的家！」穆婆婆怒斥一聲，倒持著竹掃把，將掃把柄往草地上重重一敲，整個庭院轟隆隆地震動起來。

更大量的流光自古井溢出，整株大樹都倏倏地晃動著，空中的流雲在大樹頂上盤旋成圈狀，四周狂風驟起，風中還閃耀著星星點點的金光。

那一陣陣風拂過草地，捲起千萬片翠草，翠草颳在空中銳利得像刀子，將四處亂飛、鑽動、交配的蝕天蟲全斬得四分五裂。

磚牆和房舍壁面上的裂痕紛紛癒合，千百隻鑽出一半的蝕天蟲被硬生生夾死在牆裡。穆婆婆和青蘋、孫大海身邊則是堆起兩座小竹棚，將隨風亂捲的銳草全擋在外頭。

「蟲、蟲、蟲……對了！」孫大海一等外頭風停草落，也不顧外頭天上蝕天蟲四分五裂的蟲身猶如雨一般落下，立時拉著青蘋奔出小竹棚，來到古井旁，揪著那百寶樹一截樹枝，噫呀唸起咒語。

「食、醫、鬥、樂……我記得這百寶樹裡，也有幾種食蟲果子……」孫大海急躁地一會兒捏指、一會兒搖樹，且不停變化咒語。「究竟被我分進哪一類裡了呢？」

「你小子裝傻呀！」穆婆婆氣罵：「你這無賴上山下海，本便不怕蟲；那些驅蟲果子是你想用來逗女孩子開心的把戲，當然分進娛樂項目裡啦！」

「是這樣嗎？」孫大海聽穆婆婆提醒，連忙改變施咒手勢和咒語，嘰哩咕嚕對著百寶樹施下一大串咒術，只見那百寶樹沙沙地擺動起來，開出一朵朵怪花，結出一顆顆異果；異果落在地上啪地裂開，鑽出一隻隻金色麻雀。那些金麻雀蹦出來，像是餓壞了般嘰嘰喳喳地飛起，四處找蟲兒吃。那些再度自牆壁鑽出的蝕天蟲，便紛紛進了這些金色麻雀的肚子裡。

同時，在孫大海持續施術下，百寶樹也繼續生長，一條條深紅色的古怪根枝自古井邊緣爬出，鑽進草皮，以古井為中心向外擴散爬長。

上百條蜿蜒根莖還沒開花，便結出一顆又一顆古怪果子，那果子約莫橘子大小，外皮像是奇異果般生著短毛，還生出四肢短足和一顆小腦袋，小腦袋上又豎起兩隻小耳，還張開嘴巴，像隻巴掌大的小貓。

那些小果貓尾端有條手指粗細的藤蔓，與百寶樹根相連，一隻隻小果貓揮動短足，四處撲咬那自草地鑽出的蝕天蟲。

多虧孫大海這批食蟲小果貓和果麻雀助陣，擁入庭院的蝕天蟲一下子減少許多，穆婆婆便得以指揮古井魄質修補結界其他地方。

青蘋站在古井旁大樹下，捏著百寶樹莖藤，練習那能生長除蟲果子的咒語，突然聽見樹上嘎嘎幾聲怪叫，飛竄出一個黑影——是小八。

同時，庭院遠處一間房舍窗子陡然揭開，伸出半截大圓口，沖出一片水，還滾了個人出來，是盧奕翰。

另外兩側的房舍窗口同樣也分別揭開，竄出兩截大圓管，衝出一波水之後，跟著也滾出人來，是硯天希、夏又離和夜路。

「這又是哪裡？這鬼地方怎麼這麼多煩人機關？」硯天希自地上蹦起，抹去臉上的水，氣急敗壞地叫罵，跟著她見到穆婆婆和夜路、盧奕翰等人，像是見著了仇人般嚷嚷起來。「你們全躲在這啊！」

「哇，你們怎麼把這小狐魔給引來了？」孫大海遠遠見了硯天希，嚇得大叫起來。

「奕翰、奕翰！你那邊怎樣？我這邊……好像成功了！」夜路沒有理會孫大海，而是扯開喉嚨，對著庭院另一端的盧奕翰喊。

「我這邊……」盧奕翰探頭往滾出的那圓管裡瞧了瞧，跟著說：「成功了！那傢伙中計了！」

「哇！這是哪裡呀！怎麼變這麼大？」然後，他們同時驚覺，彼此相距的位置竟遠得不可思議。

本來穆婆婆臥房外的古井小庭院，此時已經擴張到了一座足球場那麼大。

「老頭，你這棵樹是我的了！快教我怎麼用！」硯天希嘿嘿一笑，正要殺向孫大海，卻感到背後一股凶氣竄來，連忙轉身。

剛剛滾出硯天希的那支圓孔水道，轟隆炸出數道黑影，衝出四個剽悍影人，掄起拳頭就往硯天希打去。

硯天希吆喝一聲，揮臂迎戰，將四個影人一一擊散，然後飛快畫咒，朝著水道打去一團火焰大鷹。

破火衝出的是殺氣奔騰的莫小非，她揮拳踏影地衝向硯天希，又和她轟隆隆對打了十數拳。

「臭狐狸，我快沒耐性跟妳玩囉，要不是看在又離份上，妳早就沒命了。」莫小非哼哼地說。

「臭婊子好大口氣，看看是誰沒命！」硯天希怒吼一聲，朝著莫小非轟出破山大拳，卻被她踏出的數隻影人一齊扣住了拳頭。

「妳眞以爲摘下戒指的我這麼容易對付嗎？」莫小非怒斥一聲，催動影人往前衝鋒，壓著硯天希往古井衝去。

「混蛋——」硯天希感到眼前影人怪力逼人——剛剛在澡堂中，由於夜路指揮著小八，操使結界在莫小非腳下不停搗亂，使她無法全力踏影迎戰，才讓硯天希得以藉著墨繪力骨咒和破山咒的爆發力，勉強與她戰得不相上下；但此時兩人都踩在草地上，莫小非得以全力催動六隻指魔之力，一口氣壓制住硯天希兩隻破山大拳，壓得她不住後退。

「力骨！」夏又離幫忙畫咒，再度在自己背後也架起力骨，兩具力骨同時發力，這才稍稍減緩莫小非的衝勢。

「小離，你再幫這臭狐狸，我就要生氣囉！」莫小非雙眼閃動異光，再踏了踏地，又踏出一隻影人，伸手往夏又離抓去，夏又離也揚起破山拳頭，與影人大手互握。

「使勁啊臭小子！」硯天希怒罵。「你沒吃飯呀！」

「不行了……」夏又離早已全力盡出，他倆一人背後附著一具力骨，催起四條破山巨臂，才能勉強支撐住莫小非的影人推壓。

「哇，阿君、鴉片，你們快看！安迪要我們找的古井大樹，是不是就是這個呀——」莫小非與硯天希和夏又離對峙半晌，這才遠遠發現他們身後遠處那金光流溢的古井大樹。她像是發現了寶藏般樂得大叫起來，左顧右盼卻等不著邵君和鴉片。

「臭婊子，妳瞧不起我嗎？」硯天希讓莫小非催動六隻指魔之力，扣著破山大臂不住後退，氣憤難當，突然甩了甩尾巴，在背後鞭出一圈黑墨；那條巨大狐狸尾巴空中沾了墨，飛快畫了個巨大符印。

符印金光耀眼，鑽出一具更加巨大的骷髏，同時附在她和夏又離背後，等同在兩人背後附上了第三具力骨。

「喝啊——」硯天希藉著那第三具大型力骨爆發出的怪力，開始按著莫小非的影人反推，同時，她那條尾巴也沒停下動作，而是繼續快速畫咒——

先是畫出懶人手，在大尾巴旁生出一群小尾巴，跟著是大火咒、鎮魄咒、凶爪咒和怒兔咒。

一隻隻剽悍大型犬背上攀著凶惡的漆黑猿猴，頭上腳下還有著火鷹和火兔子一同跟著衝鋒，轟隆隆地全往莫小非面前炸去。

「哇！妳這臭狐狸跟妳老爸一樣能用尾巴作怪呀！」莫小非這才想起當時硯先生與安迪對峙時，也能用尾巴施展墨繪術。

「來呀、再來呀！看我打死這些笨狗、笨鳥、笨兔子！」莫小非像是跳起踢踏舞般，踩出一波波影浪，與那迎面打來的狗猿鷹兔炸成一片。

「臭婊子……」硯天希見莫小非一派輕鬆，氣得將尾巴揮得更急更快，像是想要一口氣畫出更多墨繪獸，但一陣碎裂聲響自她背後力骨發出——儘管她魔體煉成，但體內魄質終究不如莫小非指魔豐厚，加上身邊又有個夏又離一同消耗力量，三具力骨加上四道破山，將她一身強悍力量消耗到了盡頭。

三具力骨都崩出裂痕，硯天希和夏又離再次被莫小非的影人大軍壓得不住後退。

下一刻，一陣金光翠綠的草波像是淺浪般盪來，淹過硯天希和夏又離雙足，跟著在他們面前陡然拔高，轟隆震碎了數個扣住他們胳臂的大影人。

「喝！」莫小非腦袋還沒反應過來，身子本能地再踩出新的影人補上，但那些影人隨即又被一聲斜斜打來的雄渾吼波轟得四分五裂——

是鬆獅魔的吼波。

「計畫成功了！」夜路哈哈大笑，圍至莫小非左側；盧奕翰也繞至莫小非右側，深深吸氣，讓雙臂化為鋼鐵。

原來剛剛夜路和盧奕翰撤離的兩條水道中，還藏有隱密岔道，他們循著水道滑入隱密岔路，轉進這庭院。

而鴉片和邵君，卻是沿著水道滑去其他地方。

至於硯天希和夏又離那條水道，倒是沒有額外製造暗道，才讓她倆先後滑入這小庭院裡。

一來夜路等人從來沒和硯天希溝通過這戰術，二來將莫小非或者黑摩組任何一人誘進庭院，本來就是他們計畫中的戰術之一——

這樣一來，他們便能夠倚靠穆婆婆操使古井魄質，施展強大結界，圍攻失去了黑夢支援的莫小非等人。

莫小非終於警覺到邵君和鴉片都沒跟上，整個庭院除了自己之外，其餘都是敵人。

她向後蹦遠，飛快踏了踏地，又踩出十來隻巨大影人，在自己前後左右圍出一圈銅牆鐵壁。

「鬼虎、笨猴子、馬車……你們全上哪去了？」莫小非氣呼呼地踩上前頭兩名伏在地上的影人後背，像是站上攻城車的將軍般，扠著腰轉頭四顧，大聲喊著鬼虎、謝老大、影魅等手下。但她先前一路與硯天希惡戰，早將那些手下甩得不知落後到哪兒去了。

「哼，邵君、鴉片、安迪……你們全都躲起來偷懶就對了！」莫小非喊了幾聲，全然得不到回應，她鼓著嘴說：「那好，讓我一個人把他們一網打盡，半個也不分給你們！」她這麼說的同時，又摘下一枚戒指。

她腳下兩隻影人，肩膀貼著肩膀、內側胳臂搭著對方後背，外側胳臂則緩緩扒著地，等待衝鋒，其餘影人也互相搭肩舉臂，整體看上去又像是合體巨獸，又猶如衝城戰車。

「婆婆、婆婆！」小八飛在穆婆婆身邊，尖聲怪叫催促著：「那臭婆娘變出大怪物來打我們了，婆婆妳快打死他們！」

「吵個屁，沒看老太婆在忙嗎？你沒事做就幫英武吃蟲去！」穆婆婆瞪了小八一眼，她渾身金光流動，滿頭大汗，一會兒瞧瞧前方莫小非那古怪模樣，一會兒撇頭瞧瞧身邊磚牆幾扇窗——原本在計畫中，她應當好整以暇地指揮結界，協助眾人圍攻落單的黑摩組成員；但那些蝕天蟲打亂了計畫，讓穆婆婆光是忙著四處修補雜貨店結界，便已疲累不堪。

「哇！」夜路怪叫一聲，有財自他頭頂鑽出，一記貓爪拍在他後腦上，打扁了一隻蝕天蟲，另一邊，盧奕翰也注意到四周不時有奇異怪蟲飛出。

「夜路、奕翰，那些王家傘師原來是內應，他們體內藏著蟲卵，孵出這些蟲，這些蟲會破壞婆婆的結界！」青蘋快速地向夜路和盧奕翰解釋此時情況。「就像……協會的掃把星一樣……」

「什麼！」夜路訝然地低頭四顧，這才注意到腳下四周有一隻隻怪異小果貓和小麻雀，正忙著拍擊啄咬不停自草間鑽出的蝕天蟲，連英武也混在其中，一向多話的他此時塞了滿嘴蝕天蟲，肚子鼓脹，半句話都說不出來。

「什麼蟲？」小八一時還沒聽懂青蘋那番說明，倒是記得穆婆婆叫他滾去幫英武吃蟲；他立刻竄到英武身旁，從草裡啄起幾隻蝕天蟲，大口吃了起來。「這什麼蟲呀？味道還不錯！」

「哼，原來你們派那些傢伙過來，就是爲了散布這些蟲子！」盧奕翰恨恨地說。

「哈哈哈哈！」莫小非捧腹大笑。「你們這些臭傢伙，之前在四號公園曾施展一個怪結界擋住我們的黑夢對吧！這些蟲子，就是專門用來破壞你們那怪結界的法寶呢！我們本來以爲你們會殺了那些笨傘師，那樣一來，他們身子裡的蟲卵會落在附近巷弄，再配合我們進攻時孵化。誰知道你們竟然把那些傢伙抓進這死老太婆的結界裡，還餵他們東西吃，把他們養得白白胖胖的，讓蝕天蟲直接在這老太婆結界裡孵化，連老太婆的結界一起破壞。笑死我了，是你們太白痴啦！」

「衝啊，一口氣拔了那棵大樹，拆了這老太婆的爛屋子！」莫小非大笑下令，腳下的影人大軍開始衝鋒，轟隆隆地往古井碾壓。

「等等，臭婊子，我們換個地方打……」硯天希見莫小非指揮著影人大軍衝來，只好揪著夏又離後退，不時回頭望望種在那口古井上的百寶樹，急躁地說：「要是打壞我的果子樹，我可饒不了妳！」

「誰理妳啊！」莫小非重重踩了腳下巨影人後背，讓巨影人身前又衝出一票黑影虎豹，直撲硯天希和夏又離。

「混蛋！」硯天希氣憤畫咒，放出一票鎮魄犬，但此時這批鎮魄犬不似先前的灰狼、藏獒、高加索等超大型犬科動物，而是小了一號的拉不拉多、黃金獵犬、秋田犬等，這批鎮魄犬儘管吼聲威武，但與迎來的黑影虎豹撞上，幾秒便給扯成碎片。

「可惡、可惡……」硯天希持續後退，她與夏又離背後的力骨持續崩裂，破山胳臂也逐漸縮小。

「青蘋，就是現在！」井邊的孫大海揪著百寶樹枝節，急急施咒，一旁的青蘋也同時捏著神草黃金葛唸起咒語。

只見古井炸出金光，金光轟隆隆地灌入四周草皮，在莫小非影人大隊前方豎起一片片猶如拒馬般的柵欄，柵欄上結出一顆顆果子，轟隆隆地炸開，有些炸出火、有些炸出電、有的炸出刺鼻煙霧，也有些果子裡的籽銳如利刺四面亂竄。

「喝——」莫小非高高躍起，揮影撥開迎面射來的火果子、電果子，驚覺這些果子的爆炸威力比她想像中來得強大，要是像鴉片那樣硬捱，即便傷不了筋骨內臟，也會讓皮肉捱著些苦頭。

同時，層層拒馬後頭，竄起一條條孩童胳臂粗細的巨大莖藤，莖藤上生著一片片臉盆大小的黃金葛葉片。

「炸！」青蘋雙手捏著古井大樹旁一截黃金葛，指揮前方莖藤作戰，這些天在孫大海和穆婆婆聯手指導下，她操使神草的技術進步神速，此時的她彷彿將前線那些黃金葛莖藤當成了自己的手，且不只一雙手，而是十數隻手，章魚般地四面追打莫小非。

黃金葛莖藤鞭毀了莫小非腳下那影人大隊，黃金葛的葉片炸出熊熊烈火，將四處亂竄的黑影虎豹燒成飛灰。

「那就是宋醫生說的種子呀，原來這麼厲害！」莫小非避過一記記鞭擊，將手上剩餘的三枚戒指全數摘下，在她身邊立時旋出猶如龍捲風般的暴風圈。

「她要出全力了，擋下她！」孫大海急急喊著，指揮百寶樹枝節竄長，結出一顆顆巨大果子往那龍捲風炸去。

「哼……哼哼……」硯天希喘著氣，見龍捲風中的莫小非氣勢凶猛，儘管心有不甘，也知道魄質幾乎耗盡的自己無論如何都贏不了眼前的莫小非。她感到口乾舌燥，便轉身竄到古井前，揪著那百寶樹枝節搖晃，對孫大海說：「老頭，快生些果子給我解渴！」

「小狐魔，妳小力點，可別折壞了我的百寶樹呀……」孫大海急忙阻止。

「你說什麼，這樹是我的！」硯天希一把揪著孫大海，怒瞪著他。井旁的夜路和盧奕翰立時搶上前去攔阻硯天希對孫大海動粗。

「天希妳還鬧，妳到現在還分不清敵人是誰？」夏又離也氣憤地抓住硯天希手腕，由於硯天希身上魄質幾乎耗盡，儘管沒下令撤去力骨和破山，但他倆背後那力骨骷髏早已碎裂消散，胳臂也回復常人大小。

「小狐魔，拿去吧。」孫大海將一顆香瓜大小的果子遞給硯天希。「百寶樹有古井魄質加持，生出來的果子又香又甜。」

「……」硯天希推開夜路等人，搶下那顆果子，她見他們都瞧著自己，便拖著夏又離繞到古井後頭蹲著，悄悄啃起那大果子。

夏又離蹲在硯天希身旁，見她大口吃著果子，眼淚卻在眼眶裡打轉，不解地問：「剛剛打架打成那樣妳都沒哭，怎麼現在吃個果子卻吃到要哭了？妳想起以前跟千雪阿姨住在山上的時光了嗎？」

「不是果子好吃，是過去用你這臭小子的臭嘴巴吃東西難吃！」硯天希抹了抹臉，拐了夏又離一肘，又繼續啃起果子。「這是我第一次用自己嘴巴吃東西，好吃多了……」

古井前，眾人也無暇理會硯天希和夏又離瑣碎談話，而是聚精會神對付莫小非。

持續往古井逼近的龍捲風中，傳出莫小非一陣陣囂張笑聲，龍捲風緩緩推進，將眼前那孫大海和青蘋協力操使神草築成的拒馬全斬得支離破碎。

眼見莫小非就要殺來，古井前草皮再次亮起一圈耀眼金光。

古井大樹樹身上竄出十數柱粗壯異常的樹枝，每根樹枝或粗或細，粗的接近成人環抱，細的也有電線桿那般粗。

十餘根粗枝僅生有少許葉片，樹枝前端並不尖細，而是怪異的粗大樹瘤，且紛紛裂成凶猛分岔，彷如張口的龍首。

遠遠望去，古井大樹竄出的這批樹枝，像是十幾條凶猛遊龍。

此時穆婆婆全身金光閃耀，頭髮倒束飄揚，手上那倒持的竹掃把上千百根細支也像是燃起了金色火焰。

她持著掃把，指揮十數杜樹龍，緩緩往前走去，準備正面迎戰莫小非。

「穆婆婆，妳別自己上，讓我們來！」盧奕翰和夜路見穆婆婆要親自出戰，連忙上前勸阻。「是啊，奕翰打不死，讓他當您的盾牌！」

「你們哪裡是她的對手！」穆婆婆吆喝一聲，將掃把往地上一拄，轟地腳下讓草皮發出一陣巨震，將盧奕翰和夜路震得退開來。

她揚著竹掃把踏上那股草浪，往前奔跑到十數杜樹龍的最前端，指揮著四周的樹龍群，乍看之下，就像是年節舞龍陣裡的領隊一般。

「哇！」青蘋、孫大海等見穆婆婆說打就打，一下子亂了陣腳。只見莫小非哈哈一笑，用力往前一踏，踏出三隻極其巨大的影人，舉起碩大拳頭往迎面奔來的穆婆婆砸去。

十餘柱樹龍不等穆婆婆號令，立刻飛快圍來，其中幾條樹龍磅啷啷地搶著擋下影人數記重拳。

其餘樹龍掠過穆婆婆身旁左右，有些纏咬影人下半身，有些往莫小非飛突猛撞，有些左右掩護著穆婆婆前進。

穆婆婆奔跑著，踏上腳邊一條樹龍，讓那樹龍將她高高托起，飛繞到莫小非背後高空。她猶如攀上戰馬的老將軍，厲聲下令，十餘條樹龍樹地變陣，將莫小非團團包圍，不僅圍住她四面，也覆蓋住她頭頂，像是在庭院裡蓋出了個迷你巨蛋。

而在樹龍陣內側，還能生出新的分枝，那些分枝也都有成人大腿粗細，猶如槍矛般往莫小非身子扎去。

轟隆隆的炸裂巨響自樹龍陣內側發出，被圍困在樹龍陣中央的莫小非，正驅使著影人，不停破壞那逐漸縮小範圍的巨龍圈和從四面八方竄來的分枝。

摘下十枚戒指的她，舉手投足都有著萬鈞之力，能輕易地劈斷大樹、擊碎巨岩——

但這受著古井魄質加持的樹龍群，卻也比尋常大樹堅韌了百倍以上，同時樹身修補

損傷的速度，也快得不可思議。

莫小非每一擊都得使上八成力，才能擊斷那些往她竄來的分岔枝幹，但每擊斷一截枝幹，背後又捲來三節枝幹；她不停踩出新的影人士兵往外突撞，奮力對抗著逐漸縮小範圍的巨龍包圍圈。

「看什麼，還不幫忙——」穆婆婆站在最高的樹龍頭上，挺著竹掃把指揮底下樹龍作戰，同時朝著孫大海等人大喊：「派你們的神草伸進來炸她呀！」

「什麼？」「會不會傷到婆婆您那……老先生？」孫大海和青蘋知道穆婆婆將這大樹當成了老情人。因此儘管孫大海和青蘋已經指揮百寶樹和黃金葛，在樹龍陣外圍出了第二圈防禦陣勢，還結出茂密的大果大葉，卻遲遲不敢有所動作。

「老先生個屁！老先生在你們背後叫你們幫忙吶！」穆婆婆大罵：「這小婆娘好凶悍，我快壓不住她了，快點呀！」

孫大海和青蘋聽穆婆婆這麼說，也不曉得前方那些樹龍究竟算是穆婆婆那老情人的身軀還是手腳，抑或只是如同頭髮指甲般的部位。總之他們一齊下令，讓黃金葛莖葉和百寶樹枝節飛突竄長，從樹龍彼此身軀間隙往內鑽入，在裡頭結出大果、長出大葉——

然後爆炸。

熊熊金黃烈火從樹龍陣一圈圈枝幹間往外噴射，樹龍陣裡頭，炸開一波又一波閃動著雷電、火光和毒風的奇異爆炸。

「混蛋，這樣會痛耶！」莫小非的尖叫自火焰中飆竄出來，數條影子胳臂自大樹枝幹間伸出，扛著枝幹往外推撐，她鼓足了全力想逃出這巨龍陣。

「她竟不怕我這神草果子和葉子？」孫大海見莫小非一口氣捱了幾十記受古井魄質加持生出的炸彈果子爆炸，竟然還能生龍活虎地指揮影人戰鬥，不禁駭然。

「這小婆娘身子比鋼鐵還硬，那些笨雷蠢火怎燒得死她！」穆婆婆喘著氣，滿額大汗，微微蹲在樹龍陣那高空龍頭上，不時轉頭望著四周。

只見剛剛受到穆婆婆壓制而暫時退散的蝕天蟲，此時又自寬闊庭院草皮底下紛紛鑽出，穆婆婆一旦分神指揮大樹對付莫小非，便無法專注壓制蝕天蟲的力量。

遼闊的庭院再次微微震動起來，遠處房舍、壁面，以及古井旁幾面磚牆，又出現一道道裂痕。

「喝！」穆婆婆吸了口氣，倒持著竹掃把重重往腳下樹龍腦袋一拄，古井魄質再次大量衝湧開來，同時湧向困住莫小非的樹龍陣，和遠處那些被蝕天蟲破壞的房舍建築。

「咦？老太婆，妳沒力氣了嗎？」莫小非哈哈大笑起來，她每每讓百寶樹果實火焰燒壞了衣服，便操使影術替自己換上新衣。此時她一身黑色洋裝，手扠著腰，在樹龍陣中央原地輕踏，踩出更多影人，喀啦啦地將圍著她的一圈圈樹龍軀幹往外推撐。

「穆婆婆，妳這古井魄質不能直接灌進天希身子裡嗎？」夜路見硯天希吃完了果子，又揪著夏又離從大樹後頭繞出，遠遠地盯著戰局，卻沒有參戰，知道她體力不濟，便朝著穆婆婆大喊：「現在只能靠她對付這瘋婆子啦！」

「對呀！」孫大海聽夜路這麼問，像是想起了什麼，和夏又離互望一眼，他們都還記得先前受困黑夢時，隨行的張意身後一直揹著個古怪大罈。聽說裡頭裝的是華西夜市地下金庫的豐厚魄質。

那時候張意揹著那大罈，就像是揹著一顆行動電源隨時替自己充電一般，孫大海嚷嚷地說：「我記得晝之光大頭目便用過這種法術。」

「混蛋東西……」穆婆婆滿額大汗、氣喘吁吁地指揮古井魄質四處修補蝕天蟲啃出的裂痕，同時持續壓制腳下大樹巨龍陣裡的莫小非。她聽夜路這麼問，氣得大罵：「要是老太婆懂得那種把戲……還要你們這些傢伙幫忙？老太婆一個人光靠那口井，誰打得進來？」

「也是……」孫大海聽穆婆婆這麼說，莫可奈何，但夜路像是又想到了什麼，突然大喊：「奕翰，是你的嘴巴快，還是你肚子裡的阿弟消化速度快？」

「應該是阿弟快吧……」盧奕翰手上正抓著兩顆百寶樹果子大啃，但他只會拳腳功夫，不懂得施咒放火，即便趁著空檔大啖果子、補充剛剛被鴉片打去的魄質，但此時仍然插不上手幫忙。「只恨我的嘴巴跟不上阿弟的速度！」

盧奕翰肚子裡的小鬼阿弟，甦醒時能快速消化他吃下肚的食物，將其轉換成魄質囤積在他身體裡；他甚至能夠透過咒術指令變化，來控制阿弟的消化速度，但他的嘴巴卻跟不上阿弟的消化極速。

「大海爺，是你那百寶樹生果子的速度快，還是奕翰的嘴巴快？」夜路轉頭問孫大海。

「廢話，當然是生果子快。」孫大海尚不明白夜路這麼問的用意。

「那麼，奕翰，你覺得是百寶樹生果子的速度快，還是阿弟消化的速度快？」夜路問。

「我怎麼知道？」盧奕翰瞪大眼睛，隱隱從夜路的語氣和神情裡察覺出有些不妙。

「你介意插鼻胃管嗎？」夜路拍了拍盧奕翰的肩。

「什麼！」盧奕翰和孫大海這才明白夜路這串廢話原來別具用意——既然阿弟的消化能力受限於盧奕翰的嘴巴，那麼倘若讓百寶樹的果子直接在盧奕翰胃裡生長，阿弟的消化速度和吸收了古井魄質百寶樹的營養果實，便能完美配合。

「媽的，虧你想得出來！」盧奕翰捏起拳頭瞪著夜路，轉頭便見到孫大海似乎已經打算付諸實行般地從百寶樹枝幹拉彎一節莖枝，施咒使其生出一條細長軟藤。那軟藤莖光溜溜地無枝無葉，且僅小指粗細，似乎比蚯蚓還要軟嫩、比醫院那些內視鏡器具還來得溫柔許多。

盧奕翰莫可奈何，深深吸了口氣，望著前方全力奮戰的穆婆婆和專心助戰的青蘋，咬咬牙說：「試一試也不吃虧！」

「好！」孫大海吆喝一聲，抓著軟藤走向盧奕翰，捏開他的嘴將軟藤往他嘴裡塞，卻被夜路伸手阻止。

「鼻胃管是走鼻子，從嘴裡進有被咬斷的風險。」夜路這麼解釋。

「沒錯……」盧奕翰頂了夜路一肘，從孫大海手上搶下那軟藤，當眞往自己鼻孔裡塞。

「有骨氣！」孫大海二話不說，立時施咒讓軟藤飛快竄長，沿著盧奕翰鼻孔一路鑽入他的胃裡。

「唔！」盧奕翰瞪大眼睛，掐著夜路胳臂，將想出這主意的夜路掐得哇哇大叫。盧奕翰在靈能者協會除魔師證照考試前後，也曾受命做過幾次健康檢查，此時讓這百寶樹軟藤鑽進鼻子雖然難受，但也和醫院裡那冷冰冰的內視鏡檢查相差不大。

「你們幾個大男人躲在後頭搞什麼鬼？」穆婆婆見四周庭院震動逐漸劇烈，同時發覺底下樹龍陣裡的莫小非正逐漸將一條條樹龍身軀推擠崩裂，轉頭一看，孫大海、夜路和盧奕翰卻擠在遠處不知玩什麼把戲，不由得氣得大罵：「底下那小婆娘就要殺出來啦──」

穆婆婆還沒說完，樹龍陣其中一條粗壯樹枝，啪啦啦崩出一大條裂縫，莫小非的雙手先是自那裂口伸出，跟著探出腦袋，她像是早晨推開窗子看風景的少女般，對著孫大海等人嘻嘻一笑。

她見到盧奕翰朝她奔來，臉上還有條細藤連著他左邊鼻孔，像是看了喜劇橋段般樂得呵呵大笑——

她在盧奕翰衝近揮拳打來的同時，左手微微一抬，一個影人飛快自盧奕翰腳前拔高竄起，揮出一記巨大黑影上鉤拳，將盧奕翰打得騰空飛天。

「哇！沒用啊！」夜路和孫大海遠遠地見盧奕翰即便插上鼻胃管，仍然被莫小非的影人一拳打飛，不禁駭然。

「不……」盧奕翰轟隆落在巨龍陣頂端，先是單膝跪著輕撫胸腹，跟著說：「有效……這拳我扛得下……」

他的腹部微微起伏，胃裡正有一顆顆果子生出，又有一顆顆果子被消化，那些果子快速轉化成魄質，溢入他四肢全身，若無這額外魄質強化了他的鐵身，剛剛那一擊或許就會將他雙手雙腳都打斷了。

莫小非正要撥開大樹枝幹往外竄，但穆婆婆再次變陣，樹龍生出更多細枝，一圈圈纏住她雙腳腰身；同時硯天希也拖著夏又離趕來，用剛剛積蓄了數分鐘的力氣，再次喚出破山大拳頭，轟隆隆攻她正面。

「老孫，讓果子生快點——」盧奕翰翻身滾下，來到夏又離身邊，化出鋼鐵胳臂，像是將自己當成硯天希和夏又離兩人的盾牌般，幫他們擋下莫小非一記記攻擊。

「咦，還眞有用呀？」孫大海捏著百寶樹軟藤這頭，以每秒生出一顆果子的速度，持續讓深入盧奕翰胃裡的軟藤生出新果，且讓軟藤不停生長，以免被阿弟一併消化吃盡，他一面問：「奕翰，還能不能再快？」

「能！」盧奕翰大喝一聲，打了個嗝，只覺得連口腔都像是感覺到胃裡溢出的甜味——孫大海令百寶樹生進盧奕翰胃裡的果子，比糖還甜，偶爾還摻雜些營養的魚果子和肉果子。

「咦？」莫小非見自己接連喚出數隻影人，竟無法打退盧奕翰和硯天希，加上身後樹龍陣分岔枝幹不停生來，捲住她的腰和大腿往內拉扯，使她無法脫困。

跟著，青蘋也指揮著黃金葛莖藤深入巨龍陣裡，對著莫小非身子又鞭又炸，且再次燒光了她全身衣服。

莫小非氣急敗壞地猛攻一陣，總算再次逼退盧奕翰和硯天希、夏又離，但她還沒來得及替自己換上新衣，便見到上來接戰的傢伙，是喚出了鬆獅魔的夜路。

夜路舉著鬆獅魔，對準探在樹龍陣破口外的莫小非上半身，鬆獅魔大口一張，吼出雄渾吼波，將莫小非腦袋轟得向後一仰。

「一起來！」夜路大聲下令，鬆獅魔大口再張，同時，他還舉起另一手，那手上還探出兩只有財的小貓掌。

「吼——」「喵——」一聲更加洪亮，且混雜了有財迷魂爆的劇烈吼波，再度迎面炸上莫小非的臉。

莫小非本已讓鬆獅魔的第一吼轟得頭昏腦脹，跟著再捱上第二記吼，且吼波裡還混著大量貓毛和嗆鼻怪氣。她嗆得連連咳嗽還打起噴嚏，身子一軟，讓樹龍陣內側的分枝扯回陣裡。

「臭……臭婊子……輪到妳沒力氣了吧！」硯天希這才露出笑容，她像是還想追打，但只搖搖晃晃往前走了幾步就要跌倒，被夏又離一把扶住。

「哼哼……小婆娘手指裡那些傢伙也開始衰退啦……」穆婆婆抹著汗，嘿嘿冷笑——四指成員的指魔力量自然也非無窮無盡，催動一段時間後便會慢慢力竭，這也是他們臨戰時總會視敵人強度摘取適量戒指，而不一口氣全力盡出的緣故。

但穆婆婆此時似也力竭，儘管她年輕時可是擅長貼身肉搏的近戰好手，但現在的她終究是年邁老人。在這一戰裡，她甚至連手上的竹掃把都沒眞的使上，光是修補結界，加上指揮樹龍，便已耗盡了她全身氣力。

「婆婆——」小八第一個察覺出穆婆婆情況有異，吐出滿嘴蝕天蟲，高高飛向穆婆婆，只見她一個不穩，差點從大樹陣枝幹上跌落。

樹龍身上竄起一排細枝，像是護欄般抵住穆婆婆腰際，使她不致跌落。

「咦？咦咦咦？哈哈哈！」莫小非的笑聲再次自樹龍陣中飆出。

庭院激烈巨震起來，磚牆一面面倒下，遠處房舍壁面上的裂口一鼓作氣竄出了上萬隻蝕天蟲。

一塊塊漆黑的霉斑自裂縫中爬出、腐鏽的支架自草皮中豎起，怪異的加蓋建築從遠處庭院矮房屋頂築起，還落下一片片木板、鐵窗、招牌和腐屍。

腐屍紛紛站起，往古井方向緩緩走來。

在腐屍大隊之後，數間房舍上方的怪異加蓋門窗打開，是先前跟隨莫小非攻入雜貨店結界的鬼虎、謝老大、影魅等竹南組和拏架組的四指殺手。

「安娜戰敗了？」夜路和盧奕翰見到這情景，知道黑夢終於突破了最後防線，壓進雜貨店核心。

那些本來走散的雜兵嘍囉們，在黑夢恢復後，彼此聯繫上，加上穆婆婆分身乏術，無法指揮結界阻擋他們，便讓他們一路找來了這兒。

「老頭子，大夥盡力了，將他們全送出去吧，老太婆留下來陪你……」穆婆婆拄著掃把撐身站穩，伸手輕輕拍了拍扶住她腰際的枝幹護欄，回頭快速望了望孫大海、青蘋等人幾眼，哼哼一笑。

「我不怨你笨、不怨你固執、不怨你不洗澡，我這輩子只怨你一件事，就怨你那時候不讓我陪你一起守這古井……這一怨就怨了幾十年，今天終於能一吐這口怨氣啦——」穆婆婆緩緩地說，重新揚起掃把，又拄了拄腳下枝幹。

古井再次溢出耀眼金光，大樹身上枝幹竄出細枝，一口氣捲著了所有人腰際，將他們高高抬起。

「婆婆、婆婆！」小八也讓細枝捲著了爪子往後拖拉，他又驚又急地嘎嘎大叫起來：「老先生幹嘛連我的爪子也捲著啦，我要留下來陪妳呀！」

「陪個屁！」穆婆婆斥罵一聲，竹掃把重重一拄，滿頭白髮再次飛揚豎高，說：「老太婆要教訓這些混蛋啦，小八子滾遠點，有多遠滾多遠！」

「爲什麼？」小八驚慌叫著：「小八做錯了什麼，婆婆爲什麼趕我走？」

「穆大姊，一起走呀！」孫大海見自個兒身子被大樹枝幹捲起往後拖拉，一手仍不放開百寶樹軟藤，他連施數道咒語，古井上的百寶樹也竄出枝幹，撐住了他的身子，同時那滿地亂爬的小貓果子莖藤上，則生出新枝，往穆婆婆身處的龍群枝幹上伸，像是想將穆婆婆也一起捆來。

另一邊青蘋也令黃金葛莖藤竄長，去捲穆婆婆腰際，但穆婆婆怒斥一聲，掃把一揚，將伸近她腰間的軟莖藤蔓全給斬斷，朝著孫大海喝罵：「沒有老太婆給你們斷後，大家一個也走不了，通通給我滾吧——」

穆婆婆這麼喝完，腳下樹龍枝幹開始崩裂，漆黑的霉斑爬滿枝幹，粗壯的樹龍枝幹也紛紛腐蝕斷裂。

莫小非踏出那傾垮如同廢墟的樹龍陣，此時她一身新衣，也戴回所有戒指。

儘管她的指魔之力已經消耗將盡，但她已重新取回黑夢力量。

「沒有我的允許……」她嘻嘻笑著，拉著裙襬原地轉了個圈，說：「你、們、一、個、也、不、准、走、喲。」

05夕陽下的閃電

那托著穆婆婆的樹龍枝幹，在被黑夢霉斑爬滿的前一刻，將她高高拋起，同時古井大樹身上也竄來兩根乾淨樹枝，接著穆婆婆，將她連同小八一同救回井前。

但莫小非瞪了瞪眼，那幾截樹枝僵凝在空中，穆婆婆驚慌地左顧右盼，只見受了她命令捲住眾人撤退的樹枝，此時也一同僵在空中，像是停止了動作。

跟著，她見到古井壁面上也爬起厚厚霉斑，本來不停自井口溢出的金光，此時被大量霉斑遮蔽住，漸漸黯淡下來。

庭院上空旋起厚重的黑紫色濃雲，雲中閃動著血色電光。

本來四周那美麗的夕陽景致，一下子變成了猶如世界末日前的恐怖模樣。

古井大樹顫動著，像是猶自與黑夢力量抗衡著，一片片葉子失去生機般地落下，在古井周邊落下一陣陣枯黃葉雨；一同種在井口土堆上的百寶樹和黃金葛也受到影響，一下子萎縮許多。

「哇！」夜路先是怪叫一聲，跟著是盧奕翰的悶吭和孫大海、青蘋的驚呼，他們同時感到捲著自己身子的大樹樹枝先是突然一緊，然後無力鬆開，使他們摔落在草地上。

穆婆婆也跌落在地，一拐一拐地撐著竹掃把蹣跚站起，喘著氣，微微揚起掃把，像是想衝上前去與莫小非拚命，卻被自後趕來的盧奕翰等人拉住，拖回井邊。

此時穆婆婆連罵人的力氣都沒有了，頹喪地回頭望了古井大樹一眼，顫抖地抬起手，摸了摸逐漸枯裂的樹身，怨懟地對身旁的青蘋說：「如果你們這些傢伙不來礙事……讓老太婆一個人陪著這樹，無牽無掛……不也挺圓滿嗎？」

「不圓滿、不圓滿！」小八嘎嘎地飛到穆婆婆身邊，急急振著翅膀，還抬爪指著莫小非，嚷嚷叫著：「婆婆、婆婆，壞婆娘要來了，婆婆快打跑她！」

「婆婆打不贏啦……」穆婆婆一反常態地吁了口氣，露出少見的微笑，伸手接著小八，輕輕撫著小八的頭說：「可憐小八子你跟了老太婆那麼些年，也沒帶你出去玩過幾次……」

「那下次去呀！」小八聽穆婆婆這麼說，開心地飛了起來，拉著英武說：「下次去老孫家，英武說老孫家有好多房間，每間房都種著不同的草，十分有趣吶！」

「……」英武雖也是鳥，但終究比小八穩重些，此時見大難臨頭，小八卻仍沒搞清楚狀況，一下子也不知如何反應。

「馬車，快過來，我打了半天架，腳瘦死了！」莫小非大大伸了個懶腰，那自後方黑夢加蓋建築步出的黑摩組雜兵們，紛紛飛身落下，往莫小非身後聚來。

挲袈組的影魅回身一轉，倏地化作黑影融入草地，然後又竄長成一台怪異車身，謝老大像隻忠犬般乖乖伏在影魅馬車前，讓影魅呼出韁繩，繫住了謝老大的頭頸肩膀。

莫小非拉著裙襬步上馬車坐下，吁了口氣，說：「剛剛真的有點小看你們了呢，沒想到這古井真的名不虛傳喲，真好奇那井裡究竟藏了多少魄質呀——」她說到這裡，微微閉起眼睛，馬車底下倏地竄出數道黑影，兵分多路竄過眾人腳下，鑽進那爬滿黑霉的井中，像是深入探索著井裡源源不絕的魄質來源。「哇……比華西夜市大太多了，簡直……跟大海一樣……」

莫小非閉著眼睛，露出陶醉的模樣，開心地說：「有了這口井，我們的黑夢可以吃得好飽、好飽，能一口氣南下啦，嘻嘻……」

「喂……」夜路悄悄來到盧奕翰身邊，用手肘頂了頂他，說：「那個……像條雪橇犬的小傢伙，像不像挲袈組的謝老大？」

「不是像不像……他根本就是謝老大。」盧奕翰哼了哼，指著那馬車。「那是影魅，後面的是魔術師傑生，還有另一邊的……是之前竹南組的鬼虎，還有倪近鐵跟小美也在，你忘了在華西夜市就見過他們不是，他們早全歸順黑摩組了……」

盧奕翰和夜路過去與四指𨑨褽組和竹南組都曾有糾纏過節，知道現在這些靜悄悄的傢伙，過去可都是剽悍凶猛的四指惡人，鬼虎擁有一身結界異術，跟在他身後的剽悍青年倪近鐵和高個短髮女人小美都是格鬥好手；𨑨褽組的謝老大個頭雖小，卻有一手毒辣火術，是𨑨褽組頭目，也是四指裡的頂尖高手，此時卻像隻忠狗般伏在那古怪馬車前。

「好了，遊戲結束了。」莫小非睜開眼睛，像是對這古井裡的魄質存量滿意極了，她自馬車上站起，扠著腰左顧右盼，嘟著嘴說：「阿君、鴉片他們怎麼這麼慢呀，連安迪都拖拖拉拉，這場仗根本是我一個人打下來的嘛！哼，所以呀——」她說到這裡，轉過頭，望向眾人，笑嘻嘻地說：「按照我們的遊戲規則，你們幾個，現在全都是我一個人的戰利品，不管是阿君還是鴉片，想要你們，都要拿東西跟我換喲，哈哈哈！」

「去妳的臭婊子！」硯天希摀著頭，指著莫小非氣憤大罵：「誰是妳的戰利品，妳這醜八怪，我一見妳就討厭、我一見妳頭就痛得不得了！」

「哼，臭狐狸大難臨頭嘴巴還這麼壞！」莫小非說：「等我抓妳回去，把妳像妳老爸一樣鎖在輪椅上，到時候呀，我可要好好玩弄妳——再把妳也裝進傘裡，或是……」

她說到這裡，看了看自己手指，像是在將硯天希與自己的十隻指魔做比較一樣。

「我現在就殺了妳！」硯天希齜牙咧嘴地大步往前，她的狐狸耳朵和狐狸尾巴時隱時現，此時黑夢壓境，讓她的腦袋更加錯亂。她走了兩步，見夏又離拖著她，竟嚇了一跳，像是連夏又離都忘了。「你是誰啊，跟著我幹嘛，你……你的手怎麼黏著我的手？放手——」她一面說，還揮掌拍打夏又離的頭臉，再痛得尖叫。「誰打我？你這臭小子黏著我的手還打我？」

「哇——」夏又離哇哇怪叫起來，轉頭向夜路和盧奕翰求救。「天希又瘋啦！」

盧奕翰和夜路只得上前幫忙，架著硯天希後退。

「臭狐狸，妳給我爬過來——」莫小非這麼說，又蹺起腳。「剛剛妳造反是吧，我要讓妳在大家面前替我舔腳，讓妳丟光妳老爸大狐魔硯先生的臉。」

「臭婊子……」硯天希推開夜路和盧奕翰，拖著夏又離緩緩往莫小非走去。夜路和盧奕翰立時追來，卻被鬼虎等人竄來攔下。

後頭穆婆婆早已力竭，孫大海和青蘋沒那古井魄質支援，捏著枯萎的百寶樹枝節和黃金葛藤蔓也無能為力。青蘋拔下一截莖藤想要上前幫忙，卻讓孫大海揪住胳臂對她連連搖頭。

「汪汪、乖乖、舔呀——」莫小非嘻嘻笑著，微微仰坐，將雪白腳丫舉至硯天希臉前，說：「反正狐狸跟狗本來就差不多，哈哈。」

硯天希捧起莫小非的腳，嘴裡生出銳齒，狠狠咬了她腳掌一口。

「哇！」莫小非感到腳掌劇痛，一腳蹬在硯天希肩上，將她與夏又離一同踢倒在地，跟著自馬車上蹦起，盯著自己那被咬出了一排齒洞的腳掌——硯天希這一口咬得極深，但她腳上一排破口裡卻沒流出一滴血。

「妳……」莫小非瞪著硯天希，一下子還不明白為何她此時已經力竭，卻仍不受黑夢控制心神。她扠著腰，對著硯天希大喝：「妳還不乖啊，給我跪下磕頭！」

「磕妳個頭！」硯天希氣憤掙起，奮力施展破山咒，但她此時魄質耗盡，化出的破山胳臂只比平常胳臂略粗一些，才衝到影魅馬車面前，便讓影魅揮出的影鞭掃倒，還捲著她的腳踝，倏地將她與夏又離甩出老遠。

「奇怪？」莫小非甩著手，看著麗塔造給她那只戒指，說：「難道戒指壞了？」她目光掃過夜路和盧奕翰，以及後頭的穆婆婆等人，急急喊著：「你們通通跪下，給我咬下對方一塊肉！」

「哇，你別再來咬我啊！」「去你媽的，誰要咬你！」夜路和盧奕翰互看了看，都露出噁心的模樣，一點也不想咬對方的肉。

「好討厭，眞的壞啦？」莫小非氣憤地甩著手，不明白爲何黑夢明明已經壓境，自己卻無法指揮操縱。「最近黑夢爲什麼老是不聽話呢……」她說到這裡，聽見身後遠處房舍上方那黑夢加蓋建築，又發出一陣喀啦啦的震動聲音，回頭望去，只見剛才手下嘍囉們走出的那幾處黑夢加蓋建築上方，又築出數層新的黑夢加蓋建築。

門窗紛紛敞開，邵君和鴉片也先後從不同地方走出，且他們走散的隨從嘍囉們，也跟著從不同門窗探頭出來。

在那數路人馬的身旁腳邊，都立著一隻指路人骨胳臂。

黑夢壓境之後，本來走散的黑摩組各路人馬，在那些人骨胳臂引領下，終於紛紛趕來目的地——這變得猶如足球場般寬闊的古井庭院。

「媽的，總算找到了……」鴉片將手指拗得喀啦作響，自建築上躍下。「眞是浪費老子時間。」

邵君伸了個懶腰，像是終於也對這千折百轉、花招多端的雜貨店結界感到厭煩了，她跟著躍下，走向小非，說：「安迪終於放蟲啦？要收尾了嗎……嗯？他人呢？」

「你們終於來啦！讓我一個人從頭打到尾，哼！阿君，我又沒辦法控制黑夢了啦……」莫小非甩著手、跺跺地，讓馬車旁立起一只黑色小桌，桌上擺了台電視。她敲敲小桌，對著電視喊：「安迪，你聽得到嗎？黑夢又不聽我指揮了……是你替我們引的路嗎？大家都到了，你還不出來，神祕兮兮地耍帥呀你！」

邵君來到莫小非身旁，她那控制黑夢的舌環讓鬆獅魔咬下，此時也無法幫莫小非操使黑夢；鴉片則往盧奕翰走去，盧奕翰面前則擋著竹南組的鬼虎等人。

「你們要先上也可以。」鴉片見竹南組裡一個高個男人和高個女人，左右圍著盧奕翰，他知道那高個男人叫倪近鐵，外號「倪鐵手」，身懷異術是一雙鋼拳鐵手；高個女人叫小美，擅長跆拳道，兩人都是格鬥好手。

「把這協會除魔師拿下，讓鴉片哥處置。」鬼虎是這批竹南組降軍的頭目，由於他們是主動投降，因此沒被莫小非洗腦，他知道鴉片好武，想瞧瞧倪近鐵和小美與盧奕翰互鬥，便順他心意指示兩人行動。

倪鐵手和小美立時一左一右往盧奕翰圍去。

同時，鴉片轉頭朝自己帶來的那批嘍囉連喊數聲，像是在點名。

他手下嘍囉裡也走出數人，分別是先前與盧奕翰交手過的泰拳手「鞭子」、胖男人「沙包」，以及一個個頭矮小、臉上生著雀斑的女孩，穿著一身彷彿多日未換下的破爛柔道服，在她身後，還跟著一個人高馬大的男人和一個中年大叔；高大男人一雙拳頭捆著染血紗布，中年大叔穿著運動外套，裡頭卻是一套空手道道服。

這五人被鴉片點出陣，一齊往盧奕翰走去。

「像上次一樣，我拖點時間，你動動腦——」盧奕翰低聲對夜路說。

「我還能怎麼動腦……」夜路見鴉片擺出這陣仗，知道他想看盧奕翰打異種格鬥，要是自己舉著鬆獅魔參戰，那麼鴉片也要出手，只得退到古井旁靜觀其變。

「我們讓奕翰一個人擋他們全部？」青蘋瞪大眼睛，捏著黃金葛想要幫忙，但被孫大海拉住，對她說：「百寶樹還能繼續生果子，足夠讓奕翰撐上一會兒，妳如果胡亂插手，他們反而要一起上了……」

孫大海還沒說完，倪鐵手已經雄猛揮出一拳，直直往盧奕翰正面打去。

盧奕翰微微低頭，用鐵額頭接下鐵拳頭；他尚未還擊，小美已經繞到他背後，高高將腳踢成一字馬，腳跟直直往盧奕翰後腦砸去——

她那高高舉起的後腳跟上還生出如同小斧般的厚刃。

盧奕翰及時往後一蹦，讓小美劈在他鐵頭上的不是那威力驚人的後腳跟，而是小腿肚。他順勢雙手抓著小美腳踝，翻身一扭將她摔在地上，再與衝上來的倪鐵手對上幾拳。

他的肚子微微鼓動，孫大海仍持續將果子往他胃裡送，阿弟也繼續大食，轉化出的魄質持續在盧奕翰身子裡暴漲堆高。

「嗯？」鴉片注意到盧奕翰那在鼻子外，顯得格外突兀的百寶樹軟藤，但他只是哼哼一笑，向自己五名手下挑挑眉。「你們去幫忙。」

鞭子、沙包、拳擊手、柔道女孩和空手道大叔同聲應答，一齊往盧奕翰走去。

盧奕翰吸了口氣，往前迎上，催動體內源源魄質讓全身化出銅皮鐵骨，正面迎擊眼前七人，他挺起胸膛硬扛倪近鐵的直拳、咬緊牙關捱下拳擊手的勾拳；跟著再任由鞭子飛快的鞭腿掃在他腿上、小美兩記側踢直踹他的腰間、空手道大叔的手刀貫上他腹部、沙包一巴掌打上他後腦。

他再被柔道服女孩一把揪住胳臂，使出一記過肩摔，重重摔在地上，且立時接上一記腕十字固定，將他的胳臂抵在腹間，猛力反折。

但盧奕翰立時翻轉身子，翻到柔道服女孩上方，柔道服女孩的力量不足以壓制盧奕翰，更折不斷他那條經鐵身術強化過的鐵臂——這一連串攻勢儘管猛烈，但全被他一身銅皮鐵骨擋下。倘若沒有阿弟提供魄質，這串攻擊或許會讓他消耗一半以上的魄質來修補鐵身，但此時他體內的阿弟就像一台發電機，而百寶樹的果子則像是源源不絕的燃油。

盧奕翰對準了被他按在身下的柔道服女孩，當胸砸下一記重拳。

柔道服女孩臉色漲成了醬紫色，像是受到極大痛楚卻不敢哭出聲。

在這短暫瞬間，盧奕翰竟有些心虛和愧咎，在與四指作戰的過程中，人人身懷凶猛異術，出手自然不分男女。但這柔道服女孩模樣樸素，像是平常會在自助餐店錯身而過的鄰家姊妹，而他這拳重得能夠破磚裂石，擊在她胸肋上，骨斷肉陷的觸感清晰鮮明。

但這種想法也僅閃過他腦袋一瞬間，那柔道服女孩臉上的醬紫色瞬間變成了深紫色，她在發動攻擊時也摘下戒指，雙手鉤住盧奕翰後頸，厲鬼般竄起來咬盧奕翰咽喉。

盧奕翰一把將她甩在地上，往她臉上再踩上一腳。

後頭，莫小非眼前那台小電視，畫面沙沙晃動半晌，終於出現了一個男人身影。

男人持著鑲鑽手杖，捏著小鬍子，是紳士。

「啊！怎麼是你？」莫小非和邵君微微一愣，不解地問：「安迪呢？」

「不告訴你。」紳士聳聳肩。

「你們怎麼也在這裡？」莫小非問。

「妳猜猜看。」紳士挑挑眉。

他這麼說的同時，電視畫面拉遠，在他背後，有一條彎曲怪異的隧道，隧道裡是一整隊大貘，其中一隻大貘背後，攀著那來自祕魯馴獸莊園的小迪奇。

小迪奇兩隻眼睛烏黑閃耀，摟著大貘的頸子咕嚕嚕地講著悄悄話。

只見那古怪隧道裡某些角落，還混雜著雜貨店結界和黑夢加蓋建築裡某些特色構造，這意即紳士與這批貘，此時已經身處這雜貨店結界裡——

等於在這當下，雜貨店結界裡還同時存在著黑夢和紳士那貘隧道，共三種結界力量。

「又是那些醜得要死的臭動物！我沒辦法操縱黑夢……該不會就是你們在搗蛋吧。」莫小非按著桌子，氣憤地說：「你躲在哪？出來啊，我這次不會放過你！」

「小非……」安迪的聲音和臉孔，突然從電視機閃現半秒之後又消失。

「安迪？」莫小非和邵君咦了一聲，再細看時，畫面又變回紳士的鏡頭。

紳士坐在椅子上，捏著紙杯喝著不知是紅茶還是咖啡，一面搖著鑲鑽手杖，朝著另一個方向，對著不知誰在說話。

「小非，撤退……」安迪的臉孔又出現兩秒，然後消失。

「什麼？」莫小非和邵君互望一眼，一下子不明白安迪的意思。

古井大樹後方，轟隆隆地也堆築起一排排古怪建築，那建築飛快竄高，竄得比大樹還高，且層層疊疊前延伸竄長的鐵皮屋簷、石棉瓦雨遮、古怪招牌和鋼筋梁柱，逐漸伸過大樹上方，覆蓋住整座古井大樹。

「安迪，是你嗎？」莫小非望著眼前那古井後方竄長起來的樓房，狐疑地問。

「不是。」紳士說。

「你好煩，我不要跟你說話！」莫小非跺了跺腳，讓馬車邊又立起幾張小桌，每張桌上都堆出一、兩台小電視。

但每台電視的畫面，都是紳士。

同時，古井大樹後方長出的建築群，十數扇門窗同時炸開，殘窗破門炸落在正纏鬥不休的盧奕翰等人腳邊。

一個個人影站上牆沿、踩上窗邊、踏上屋簷雨遮，高高往下看。

「黑摩組頭目來啦？」孫大海等人紛紛轉身抬起頭，卻看不清古井大樹上方那些加蓋建築上，究竟又來了哪些人。

穆婆婆此時力不從心，且古井被黑夢封住了大部分力量，她眼見自己這美麗的黃昏庭院被這群不速之客闖進來胡亂加蓋，也無能爲力。

「啊——」莫小非站在馬車上，倒是清清楚楚地瞧見前方古井大樹層層怪樓頂端那批人。

帶頭那人一身破爛夾克迎風飄揚，右手反握短刀，嘴裡叼著菸，是陳順源。

陳順源身旁左右，還跟著菜刀伯、吳楓、盲婆婆、老陸等十幾個台灣晝之光成員。站在他們更上一層樓牆沿的，是晝之光僅存的三名夜天使成員——韓國母女李敏珠和卜慧心，還有長門。

張意跟在長門身後，望著八、九層樓下的草地和對峙著的雙方人馬，他雙手緊握七魂，神情緊張、雙腿顫抖。

「底下那些沒用的廢物是誰呀？」摩魔火在張意腦袋上現形，背上紅毛飄揚，大聲說：「是不是靈能者協會那些廢物！」

「好像是喔！」吳楓在底下附和說：「他們被四指團團包圍，像群待宰的小雞一樣哆嗦著呢——」

「啊！是他們！」孫大海奔出較遠，轉身回望，見到長門和張意的身影，興奮地大吼大叫起來。「是他們，是晝之光呀！看！站得最高的那小妹妹是長門小姐，她是大頭目的養女！」

「啊！」莫小非啊呀一聲，像是也認出曾在橋上大戰過的長門和張意，她驚呼說：「啊，他不是那個……不怕黑夢的小子嗎？連他也來啦，啊，他……」莫小非說到這裡，猛然想起了什麼，急急盯向張意捧在手上的七魂。

七魂鞘上斷手，獨目微微半睜，隱隱泛出藍光。

「安迪、安迪……是伊恩，伊恩來了！」莫小非驚慌地連連跺腳，踏出更多小桌，每張桌子都不停彈出一台台小電視。她拍打著那些電視，每台電視螢幕上的畫面，全都是紳士，她氣急敗壞地問：「怎麼全都是你啦，安迪人呢？」

「小非，別慌。」安迪的畫面和聲音再次竄過螢幕。「你們想辦法撤退，我儘快和你們會合……」

安迪還沒說完，畫面又被紳士搶去，紳士將臉貼近鏡頭，說：「不給妳看——」

「可惡，你這怪鬍子，被我逮到，你就知道了！」莫小非氣憤跺腳，將身前幾張桌子震得碎散炸裂，跟著摘下一枚枚戒指，重新催動指魔之力，高聲下令。「不跟他們玩了，大家一起上，把他們全部宰了！」

那些黑摩組雜兵隨從聽了莫小非命令，流氓們紛紛舉起刀械棍棒、凶靈惡鬼們張開爪子咧開嘴、四指殺手們則一一摘下戒指，全部往古井方向逼近。

「就這些傢伙了嗎？」摩魔火頭上複眼閃閃發亮，像是在環顧整個庭院的敵人動靜。

「裡外還有幾路人，位置都在紳士掌握中。」陳順源回頭說：「不過距這口井較近的傢伙們，差不多都進來了。」

「好！夥伴們，讓協會那些廢物見識一下——」摩魔火吐出濃密蛛絲，在張意背後結出兩張大翼骨架，蛛絲骨架上燃起熊熊烈火。

「我們晝之光的戰法——」

長門撥動三味線，銀光流溢，也在背後結出一對銀色大翼；一旁的韓國母女，媽媽李敏珠背後竄出一對漆黑發紫的翼骨，女兒卜慧心背後則張開兩片森白染血的翼骨。

三人高高躍起，後頭還跟著被摩魔火以蛛絲操縱彈蹦上天的張意。

他們背後四張紅銀黑白的閃電狀骨架在空中閃耀張開，那是晝之光夜天使的正字標記。

「還有我！」位在底下一層樓的吳楓，也不甘落後地跟著躍起，她像是早已事先練習許久般，將那隨身白繩彎刀甩上空中，也在背後結出了一對有模有樣的閃電翼骨。

磅、磅磅磅磅——

他們猶如晴空閃現的落雷，重重劈在夜路等人與衝來的黑摩組雜兵之間的草地上。

緩緩地站直身子。

瞪視衝來的黑摩組雜兵。

「嘶——」幾個過去曾經吃過夜天使虧的四指殺手們，儘管受黑夢控制心神，但對夜天使烙印在心中的恐懼，仍然令他們的身子本能地微微僵凝。

長門輕揚銀撥，緩緩撥弦，在身邊凝出數團銀團；分立她左右的韓國母女，則飛電般竄向逼近的黑摩組雜兵，她們彷如魔神，所及之處，不論是混混流氓還是邪靈惡鬼，全劈里啪啦破裂碎散地飛上半空，混雜成一整片血肉。

擋下她們的，是雜兵中那些身手較好的四指降將，他們摘下戒指，催動指魔之力迎戰韓國母女。

叮叮噹噹，幾道銀光飛矛隨著長門弦音射出，精準地擊向包圍韓國母女的四指殺手們，阻下他們的聯手攻勢。

李敏珠和卜慧心是四指煉出的極惡殺戮兵器，她們發動力量時如同凶神狂魔，全力進攻、不懂防守，每一次出征都會受到重傷。

此時長門在韓國母女後方守禦著她們，掩護她們全力進攻。

「那對母女很有名呢。」邵君遠遠望著那對韓國母女，長長吁出口氣，雙手搖了搖，現出眞實模樣——她的雙掌異常寬闊，左手有十二指、右手有十指。

這些額外接上的手指，自然都是她用以裝載指魔的「房間」，看上去與她原本的手指相差不大，都是她從黑夢控制範圍裡的生人俘虜中，千挑百選出來的「材料」。

她曾讓伊恩砍去的兩指位置，也早補上新指，囚入新指魔，加上前幾天剛入住的指魔，此時她雙手二十二指裡藏著的指魔已有十一隻。

「她背後那個拿樂器的女人，是伊恩的養女，嗯……我記得她身手還不錯呢。」莫小非看看自己的手指、看看長門、看看張意，又看看硯天希，像在盤算著自己早已「客滿」的雙手，該如何取捨。「好難決定呢。」

「早教妳學我啦。」邵君哼哼地轉身向莫小非舉起雙手，讓二十二指唰啦啦地擺動起來。「我完全不需要取捨。」

「哇，我的天呀。」莫小非連連搖頭。「本來我也在考慮，但是看到妳的手會變成這樣，我又開始猶豫了……」

「那妳可以換腳趾囉。」

「腳趾怎麼摘戒指？」

「叫妳的影子摘呀——」邵君嘿嘿一笑，轉身往長門走去，但有個小小的身影比她更快，閃電般搶在前頭往長門攻去。

那人身披斗篷、面無表情，眼耳口鼻都閃動著火光，只一瞬間，就衝到長門面前，伸出手往長門頸子抓去。

是那一路上替莫小非拉車的謝老大。

長門飛身閃避，疾疾撥弦彈出銀浪，擋下謝老大突擊中不時甩出的火球。

「長門小姐，千萬小心！」陳順源等人不像長門等人有那從天而降的翅膀花招，多花了一、兩分鐘才逐層躍到庭院草地上，他見謝老大攻向長門，連連出聲提醒。「那是挲袈組的謝老大，別讓他的火沾到身上！」

「順源哥！」盧奕翰遠遠地聽見陳順源說話，回頭認出陳順源——那個在他幼年差點被食人妖怪呑噬時現身，救了他一命的男人。

那個時候，陳順源的身分可還是靈能者協會一級除魔師，與協會四大主管之一的賀大雷、刺青師小蟲，是生死相交的好友。

「哇！」夜路見畫之光成員參戰，也忍不住驚呼，跟著他認出吳楓背後那招牌白繩，緊張地說：「哇，小楓也來啦，都快湊成一桌麻將了——」

「咦？白痴作家，你也在這？」吳楓原本奔過夜路身邊，正要迎戰黑摩組雜兵，聽見夜路說話便停下腳步，瞪著他哼哼地說：「你上次被我狠狠教訓一頓之後，跪地求饒，答應再也不寫我，但後來你還是寫了，而且內容更下流，這筆帳我還沒跟你算！」

吳楓也是夜路筆下眾多女性角色之一，故事中的她，無時無刻都將自己的身子保持在香噴噴的狀態，等待故事主角夜英雄的寵愛。

「不……這是有原因的……」夜路連連搖手解釋。「故事角色的登場戲分，總得有邏輯、有始有終，我才能向讀者交代呀，這……是屬於文學創作的領域，有機會我可以好好向妳解釋。」

「什麼？《夜英雄》作者就在這裡？」後頭踩著藍白拖鞋跟上的菜刀伯，聽了前頭吳楓和夜路對話，三步併作兩步來到夜路身邊，一手數把刀盤旋流轉，另一手從屁股口袋抽出一本小說，正是夜路那套奇情武俠長篇《夜英雄》最後一集——《弱水三千一滴不捨》。

在這集故事裡，以安娜爲藍本的角色「安娜」、以吳楓爲藍本的角色「小楓」，連同另外十數名女性角色，與主角夜英雄齊聚一堂，舉行盛大晚宴。爲了奪得英雄芳心，她們竭盡所能地展露廚藝手工和美色身體，一個個對夜英雄述說心中愛慕之情，千思萬盼夜英雄最後的抉擇。

「哦，晝之光裡也有我的讀者啊！」夜路見到菜刀伯拿出他的書，像是見了知音般，彷彿一下子忘記自己身處戰場，連忙托著菜刀伯的手，開心地說：「夜英雄漫長的冒險故事雖然結束了，但我構思中的新作正如火如荼展開，預計再過幾個月……啊，你想要簽名是嗎？可惜我現在身上沒帶筆……」

「小子，你認不認識……」菜刀伯不等夜路說完，飛快講出幾個名字，都是與夜路同一間出版社的暢銷作者。「你碰到他們，叫他們寫快點，我等不到他們的新書才租你的書打發時間，媽的！浪費我一百幾十塊錢！」菜刀伯說完，啪地一聲將夜英雄大結局《弱水三千一滴不捨》塞在夜路懷裡，跟著吳楓上前迎戰黑摩組雜兵。

有財自夜路腦袋上探出腦袋和爪子，拍了拍愕然無語的夜路頭頂，安慰他說：「別難過，你還有鬆獅魔跟我。」

「大頭目、大頭目，你……還記得我嗎？我是種草人孫大海呀！」孫大海見張意沒有與其他人一同往前衝鋒，而是往古井走來，連忙上前迎接，對著張意手上七魂興奮大喊。

「我的記性沒那麼壞。」伊恩的聲音隱隱自七魂斷手上透出，半閉獨目睜開，藍光閃耀。「你幫助過我，現在我來還你人情了。」

06寒夜裡的落雷

「這樣對待兩位女士，太粗魯了吧。」

一句像是自水底發出的聲音，從安娜身後的水塔壁面裡透出。

正忙著在安娜手腳鎖上鐐銬的兩個嘍囉聽了這聲音，呆了呆，還以爲宋醫生對他們的舉動有意見。但他們回頭，卻見宋醫生皺著眉頭，像是也聽見了那說話聲。

「是誰？」宋醫生警覺地摘下戒指，隨意揚了揚手，讓四周黑夢建築上的天線、招牌、加蓋構造隨著他手勢晃動，像是在確認黑夢效力有無生變。

他緩緩走到安娜面前，打量著她背後那水塔壁面，又盯著安娜雙眼，說：「妳眞留了一手？」他這麼說的同時，伸手探過安娜臉旁，按住水塔壁面。

水塔裡傳出一陣陣水流攪動聲，宋醫生神情古怪，像是在尋找什麼，卻又什麼都找不到。

安娜的視線放在遠方的天空，靜靜地說：「你說呢？」

宋醫生回頭，盯著遠處天際濃雲，微微皺起眉頭。

「嘶！」「呀！」「哇！」

小小的頂樓上的四指惡鬼雜兵們哇哇怪叫起來，在他們腳下出現一個又一個怪洞，反應慢的都落入洞裡，反應快的則高高躍起，躍到牆沿。

郭曉春和阿毛也啊呀一聲，連同她那些紙傘，一齊墜入腳下洞中。

宋醫生飛快閃身到郭曉春落進的坑洞前，蹲下探手往地板一按，一隻大手竄入洞中。

那隻大手卻沒有抓出郭曉春，而是抓出一個等人大小的灰色石雕像。那石雕像一身燕尾服、捏著八字鬍，儘管腰際都讓宋醫生召出的大手給捏得崩出了裂痕，卻還是笑咪咪地說：「又見面啦。」

「你是紳士！」宋醫生見了這紳士模樣的石雕像，這才驚覺不妙，回頭一看，只見安娜嘿嘿一笑，身子飛快「埋」進水塔壁面。

他一揚手，水塔爆裂炸開，安娜卻已消失無蹤。

「你做了什麼？」宋醫生盯著那紳士石雕，壓抑著怒氣，沉聲問：「晝之光上次在三重輸得不夠，還來湊熱鬧？」

「上次你們打我們，這次換我們打你們。」紳士雕像這麼說：「很公平呀。」雕像說到這裡，嘿嘿一笑，揚起石雕手杖往宋醫生腦袋敲去。

大手喀啦一聲，將紳士石雕捏得粉碎，宋醫生站起身，環顧四周，說：「紳士，你們既然來了，何不現身？」

「我在忙，現在沒空，而且我也打不過你……」紳士的聲音不知從何發出。「不過別失望，你不會感到無聊的。」

「……」宋醫生再次望向剛才那天空一片密雲，他隱約聽到一陣細微的嗡嗡聲，遠遠地逼近。

嗡嗡、嗡嗡——

嗡嗡、嗡嗡——

一群飛蟲破雲飛出，又多又密，遠遠看去，像是一團黑色雲朵，快速往穆婆婆雜貨店的方向逼近。

「原來是你，你終於來了……」宋醫生見到那群飛蟲密雲，察覺出藏在裡頭的神祕氣息。便一口氣將十枚戒指全部摘下，全身魔氣爆發，雙眼異光閃爍。

蟲雲飛快撲來，籠罩住整間穆婆婆雜貨店。密密麻麻的飛蟲，大隻的超過成人巴掌，撲在那些黑摩組雜兵頭頸身上凶猛啃噬；小隻的如蚊如蠅，往雜兵眼耳口鼻裡鑽螫不停。這些飛蟲大都是尋常可見的眞實昆蟲，但也有少部分飛蟲身軀閃動著奇異光芒，大顎和螯針溢出妖氣毒煙。

「吼！」「咳咳！」黑摩組雜兵們遭到這陣飛蟲猛攻，不是被毒蟲螫得亂竄墜樓，就是滾地哀號，有些身手較好的四指殺手，施放異法避退毒蟲，但他們紛紛被一個混雜在蟲海裡的漆黑人影，竄近身邊後擊穿胸膛，或是折斷頸子。

宋醫生不避不閃，甚至連眼睛都不眨一下，他的身上散發出凶猛魔氣，將那往他身上撲衝的飛蟲全震飛炸遠，視線盯著那個混在蟲海裡四處襲擊四指殺手的身影。

下一瞬間，漆黑身影閃電般往宋醫生正面竄去。

宋醫生飛快抬起手，抓住那人掐向他脖子的手——

那隻漆黑怪異的手上覆著層層硬甲，像是甲蟲的硬殼，五指、手腕等各處關節，都像是昆蟲肢體構造，五隻長指猶如螳螂鐮肢，距離宋醫生的頸子只有數公分。

那人站在宋醫生面前，模樣削瘦清秀、一身西裝、戴著銀框眼鏡，氣質竟與宋醫生有幾分類似。

「曾經有一段時間，我們很怕你。」宋醫生握著那人的手腕，微笑地說：「你出現得太晚，現在，你對我們已不再是威脅了——陳大主管。」

宋醫生眼前這男人，便是曾爲靈能者協會台北分部四大主管之一的陳碇夫，與協會另一四大主管賀大雷、刺青師小蟲、畫之光陳順源，是生死相交的好友。

「如果是這樣，你何必取下全部的戒指？」陳碇夫的聲音古怪且沙啞，像是混雜了萬隻昆蟲振翅的聲音，又有些像是孩童將嘴巴貼在電風扇前說話時的嗡嗡聲。

他這麼說的同時，另一隻手飛快往宋醫生頸子掐去。

又被宋醫生握住。

同時，四隻大手自宋醫生腳邊竄出，抓住陳碇夫脖子、腰際和雙腿。

四隻大手如同自河面竄起的長龍般，將陳碇夫高高抓起，往隔鄰樓房撞去，轟隆撞穿了對面公寓壁面。

宋醫生將那四隻大手胳臂上伸出的小手當成階梯，飛快跟上，來到那碎散樓宇公寓廳中，望著被大手按在地板上的陳碇夫。「我記得當時你搶走了三……不，一共四顆魔蟲卵。其中一隻，可是珍貴的『達卡魔蟲』……你現在已經完美與那些魔蟲結合了？」

「……」陳碇夫沒有回答，只是冷冷望著宋醫生，他用一雙蟲肢手，將掐著他頸子的大手喀啦捏斷，身子快速且不自然地彎曲掙動，瞬間從腰下三隻大手的抓握中抽扭出身子，泥鰍般飛身彈起，揮爪往宋醫生腦袋扒去。

宋醫生抬臂擋下了這一扒，露出些許驚訝神情——

陳碇夫這猛烈一擊，雖然未能傷著宋醫生，但那力量卻大得令他感到胳臂微微發麻。

在極短的瞬間裡，宋醫生甚至以爲自己雙手還有尚未摘下的戒指，而看了看兩手十指——十枚戒指，全摘下了。

陳碇夫再一拳勾來，宋醫生抬手接著，除了感到一波同樣的強悍怪力，手掌也熱辣辣地發出刺痛，陳碇夫那蟲肢拳頭上的銳刺，也順勢刺進宋醫生掌裡。

「獲得力量，並非是那麼困難的一件事……」陳碇夫呢喃著怪異蟲音，雙手喀啦啦地飛快變形，手腕、胳臂竄出一片片螳螂大鐮，緊緊扣住宋醫生雙手。

他壓著宋醫生往前推，走出幾步，雙腳突然膨脹變形，化出一雙如同蚱蜢般的粗壯蟲足，轟隆壓著宋醫生飛蹦一撞，接連撞破好幾面牆、穿過好幾戶人家，直到撞穿了這排公寓最外側壁面，落在巷弄裡。

「你以爲……只有你們才能快速獲得力量？」陳碇夫腦袋怪異歪著，雙眼亮晃晃地透著綠光，像是隻大蟲盯著食物般盯著宋醫生，嘴巴一張，化出古怪的昆蟲口器，頭一探就要咬宋醫生頸子。

宋醫生猛地後退，拉著陳碇夫退到巷弄牆邊，牆上竄出一隻大手，抵住了陳碇夫腦袋。跟著，上下左右壁面竄出一隻隻大手，有的作爪、有的握拳，轟隆隆地往陳碇夫身上亂擊。

陳碇夫被這陣亂拳打得鬆開手，再被八隻大手壓著後退，撞破一戶人家矮牆，跌進那戶人家小院子裡。

「……」宋醫生抹了抹額頭微微沁出的汗，鼓動十隻指魔之力，一舉操使著那八隻大手，將陳碇夫自地上拉起，大手疊著大手，緊緊握住他全身且一齊使力，像是想將他捏得粉身碎骨。

陳碇夫此時雙眼眼白與虹膜的分際變得模糊不清，像是昆蟲複眼般閃動出星星點點的光芒，他的身體發出巨大的力量，將握著他那八隻大手向外撐開。

「你……」宋醫生額上的汗滴沁出更多了，陳碇夫的力量比他原先估計得更爲強大，摘下十枚戒指的他，竟無法如預期般輕易碾碎眼前這隻人形蟲子。

「你現在的力量，應該與摘下六枚戒指的我差不多吧……」宋醫生喃喃自語，跟著雙手一揚，又送出六隻巨手，疊上抓著陳碇夫的八隻巨手，十四隻巨手同時施力，要將陳碇夫捏碎。

「吼、吼吼……」陳碇夫的雙肩奇異隆動出兩個腫包，啪嚓兩聲，腫包破開，竄出兩隻像是蠍子大螯般的蟲肢；兩隻蠍螯張張闔闔，將握著他的那些大手手指一隻隻剪斷。

同時，他的臉和嘴巴變得更加古怪，像是螞蟻的大顎，那大顎的力量巨大得不可思議，他低頭一咬，就能咬斷一隻巨手手腕。

只四、五口，就將握著他上半身的大手盡數咬斷，且在宋醫生打來新手之前，倏地飛竄上天。他的背後伸出巨大毒蛾翅膀，在空中盤旋幾下，閃電般飛下。

宋醫生揚起手，身邊地面竄出一隻隻巨手，巨手猶如昇龍，筆直迎擊自空來襲的陳碇夫。

陳碇夫反應如電，用最短的距離接連繞開十數隻巨手，膝蓋重重砸在宋醫生抬起的臉上。

陳碇夫膝蓋處的蟲甲碎裂，宋醫生則被砸得彎膝坐倒在地，口鼻都淌出了血。

幾隻大手左右拍來，陳碇夫並未在地上與宋醫生糾纏，而是再次飛竄上天，避開那些大手，在空中繞了兩圈，再次閃電般竄下。

他像是重複不斷的落雷，一道道盯準了地面的宋醫生砸，每一次墜落，便只一擊，或是重踏、或是重拳。宋醫生有著指魔之力加持的肉體堅如鋼鐵，但陳碇夫一身蟲體硬甲破裂了也能快速復原。

宋醫生躺在地上，接連捱了陳碇夫好幾記重擊，見他再次飛竄上天，突然說：「其實我眞心佩服你的意志，和你妻子完全不同。」

他這麼說的同時，雙手仍然指揮著十數隻巨手，試圖攔截空中那快得驚人的陳碇夫。

陳碇夫再次飛快繞過所有大手，落雷般劈下，雙腳重重踏在宋醫生腹部上。

宋醫生被這麼一踏，上身和雙腿都微微上抬。

左右數隻巨手拍來，仍然抓不到轉瞬便飛上天的陳碇夫。

「她不像你這麼勇敢堅毅呀。」宋醫生抹了抹嘴角淌出的血，笑著說：「她日日夜夜哀求我們，放過你們的孩子……」

陳碇夫再次俯衝降下。

這次，他並未繞過襲向他的幾隻大手，而是揮動巨鐮蟲肢，將巨手擊斷，且對準宋醫生的頸子斬下。

躺在地上的宋醫生，抬手擋住陳碇夫這記斬頸，且指揮巨手挾擊。

陳碇夫再次飛起，飛得更高，身上散溢出奇異毒霧。

「你還記得當時收到幾個箱子嗎？好像是……十個對吧。」宋醫生望著空中的陳碇夫，催動著指魔力量，沉穩地將說話聲傳至天上。「你的拼圖，完成了嗎？」

陳碇夫本來是靈能者協會成員，且為四大主管之一，當時的他，追捕剛出道成名的黑摩組不遺餘力，突擊他們多處據點，黑摩組有好幾起規劃多時、即將付諸實行的計畫，都在陳碇夫搶先突襲下延後或放棄。

然後，黑摩組綁架了陳碇夫那同為協會成員的妻子黃禮珊。

當時黃禮珊懷孕多時，即將臨盆，在協會中的職位也暫時從前線除魔師轉為後勤行政。

陳碇夫及協會台北分部，像是窩被擾亂了的螞蟻般躁動起來，用盡一切方法、動員全部力量尋找黃禮珊，卻徒勞無功。

兩個月後，協會台北分部開始陸續收到奇異的木箱子。

每一只木箱裡，裝著「一部分」的黃禮珊。

木箱一共十個，最後一箱，則裝著陳碇夫那未出世的孩子。

在那之後，陳碇夫離開靈能者協會，加入晝之光，用他自己的方式尋找安迪等人。

伊恩給予陳碇夫最大的特權，讓他動用大量資金和人脈，四處狙殺四指成員，不擇手段獲取力量和情報。

起初陳碇夫屢屢立下大功，不停隻身擊潰世界各地名聲響亮的四指勢力。

彷彿多年前的伊恩。

不同的是，陳碇夫並沒有伊恩那樣的異能天才，只能藉著不停搶下異能圈子裡的珍奇異寶，不顧一切地往自己身上強行堆疊，他吞下了會令五臟六腑日夜劇痛的鬼種、埋入會在血肉中產卵孵化的魔蟲、食入會破壞肉體的索命苦毒。

他日復一日地尋找能夠讓自己變得更強的力量，然後付出超越一切的痛苦來換取。

爲的就是等待這一天的到來。

陳碇夫的蟲甲拳頭重重擊在宋醫生臉上，比宋醫生試圖阻擋而揚起的雙手更快，然後倏地再次飛起——他的力量仍然不及宋醫生十隻指魔，但速度似乎略勝宋醫生一籌。

宋醫生鼻血流了滿臉，依舊躺在地上，似乎不想站起應戰。

他知道即便讓巨手將自己托上半空，陳碇夫依舊能飛得更高、飛到他的正上方。

他過去從未面對這種從腦袋正上方墜落、彷如落雷般的攻擊，此時他躺在地上，反而能將陳碇夫的動態看得一清二楚。

「你收到箱子，是兩個月之後的事了。兩個月，可以發生很多事。」宋醫生說：「在最初的幾天裡，我們將她奉爲上賓，每天提供她最營養的飲食，沒有傷害她一分一毫，只是時常和她聊天。她十分配合，有問必答——日後我們屢次強攻協會各地據點，之所以能夠那麼順利，都是在那幾天當中，從你妻子口中獲得大量情報的緣故。」

陳碇夫飛得更高、更高，像是想要遠離宋醫生的說話聲音。

但四周堆高竄長的黑夢巨樓，從牆壁上、從招牌上、從窗簷、從屋頂，不停長出一個又一個的擴音器，讓宋醫生的話聲，猶如陰魂鬼魅般鑽進陳碇夫耳裡。

「到了我們差不多覺得你太太已經將知道的一切全都告訴我們之後，我們告訴她，將讓她離開。」宋醫生的雙眼閃動著奇異光芒，臉上的笑容燦爛得像是夏日暖陽。「當然——那也是遊戲的一部分，這主意不是我想的，我沒那種天分，這是阿君和小非商量出來的把戲——我們試著讓她對我們失去戒心，讓她以爲自己能夠安然離開，讓她以爲儘管自己透露了許多重要情報，但只要平安回去，就能立刻讓協會做足準備甚至展開反擊——讓她以爲能夠與你重逢，生下你們的孩子，她時常撫摸著自己的肚子，對肚子說：『別怕、別怕，很快就能見到爸爸了——』」

陳碇夫陡然停止飛升，望著底下，振動起蛾翼，搧出一團團毒霧。

在他身邊，還跟著成千上萬隨他一同飛天的蟲，那些蟲大都是四周山林甚至是鄰近住家，受了他體內魔蟲術力影響而歸順的昆蟲大軍，也有部分是藏在體內那些大魔蟲生出的小魔蟲。

他背後一雙蛾翼搧出的陣陣毒霧，緩緩地旋動聚合，成千成萬的蟲軍在毒霧中井然有序地飛竄，那些毒霧似乎能夠讓普通的昆蟲變得更爲強壯，混雜在其中的小魔蟲們，身上閃動起光芒。

要是有人遠遠地抬頭看天，便會看見一團憤怒的雷雲。

「在她以爲自己能夠平安離開的最後一晚，她心中洩露情報的罪惡感和重獲自由的喜悅，應該都到達了頂峰，融合成一種怪異的情緒。」宋醫生繼續說：「我們在送上的晚餐裡，還附上每一個人精挑細選的禮物。」

「安迪送她一束花、鴉片送她幾罐營養食品、阿君送她一套小孩衣服、小非送她一些兒童玩具、我送她幾本育兒書……」宋醫生緩緩說話的同時，也不忘不停召出巨手，在空中築起一層層防衛陣勢，嚴防即將落下的暴雷。「然後，我們送她離開那個溫馨的藏身處，帶她上車——車子開往一個與事先說好的不一樣的地方，那是個像是地牢的地方。」

「接下來，就進入第二個月了。」宋醫生笑著說：「我不曉得她是否想像過，前三十天對她噓寒問暖、彷彿近親老友的五個人；到了後三十天，竟然會變成天底下最可怕的魔鬼——」

轟——

陳碇夫猶如一道巨雷，直直從天竄下，將擋著他的那上百隻巨手全部劈爆，然後對準宋醫生胸口，擊出一記旋動著毒霧黑風的重拳，將宋醫生的身子一舉擊得凹陷入地——地面出奇鬆軟，那是宋醫生使用了黑夢力量，事先準備好的緩衝措施。且宋醫生在做足準備下，周身鼓足魔氣旋風，使他能夠硬扛下這記重擊中最致命的部分，只有頭臉四肢在兩股力量相撞炸開時，讓那些猶如霰彈槍子彈的小魔蟲割炸出片片傷口。

「她那時的心情，應該複雜到了極點吧。」宋醫生扣住了陳碇夫雙手，雙方魔氣激盪得讓四周巷弄壁面都震出了裂痕。「究竟是她早已經猜到之後的不幸而做了些心理準備，還是眞以爲能夠平安逃脫以至於晴天霹靂呢？」

「十個箱子，我們分成三十天慢慢裝。」宋醫生說：「每一天，她都是醒著的。」

「……」陳碇夫沒有應一句話。

在先前漫長的時光裡，他加諸在自己身上的一切，就是爲了此時此刻。

此時的他，不需要透過言語來表達內心任何感受，他只需要用身體來回答宋醫生的話語。

他的力量又加強了幾分。

他將宋醫生與他對握的雙手捏得緩緩變形。

骨裂的聲音隱隱地自宋醫生雙手掌裡透出。

宋醫生頭臉上沁著汗，但仍勉強維持著笑容，繼續對陳碇夫說著那三十天裡發生的點點滴滴——

每一點、每一滴，都像是染上苦毒的刀斧尖錐，鑽進陳碇夫耳膜裡，劈斬著他的心。

「現在想想，那時候也眞是太費工夫了。」宋醫生說：「我們的目的有幾個——一是立威，讓協會放棄糾纏我們、在四指間大出風頭；二是使你崩潰，當時我們覺得你是整個台北分部的成員裡，對我們威脅最大的一個——不過後來的發展稍微出乎我們意料之外，你確實崩潰了，但你造成的威脅，竟變大許多倍，這是我們失算，和不得不佩服你的地方。」

「第三個理由。」宋醫生笑著說：「只是覺得，挺好玩的。」

陳碇夫此時的臉，看起來就像一隻巨大的昆蟲，表情沒有因爲宋醫生這些話語而產生變化，而力量則持續增強。

「現在的你，或許有八……不，應該有我……九隻指魔的程度吧……」宋醫生口中不停淌出鮮血，他覺得陳碇夫身體裡透出的魔氣，竟然與催動十隻指魔的他對峙得不相上下——

黑摩組經過很長一段時間的東征西討，從協會各地據點、從異能者據點，甚至從其餘四指據點中，搜刮出各式各樣的珍奇至寶、封印古魔，他們每個人的每隻手指裡，都裝著許多日落圈子裡千百年來大有來頭的魔王級大魔。

「現在想來，如果你……走過和我們一樣的道路……能有現在的力量……並不稀奇，這是你……應得的……」宋醫生笑了笑，又嘔出幾口血，他開始催動更強大的力量，開始試著從地上起身，他知道某種程度上，他的戰術成功了——

儘管陳碇夫一張蟲臉看不出表情，但宋醫生這些話確實起了作用。

陳碇夫不再像剛剛那樣一擊之後就抽身飛遠，而是捨棄了速度優勢，將全身的力量催動到極限，甚至突破極限，不顧一切地和宋醫生近身相搏。

「未足月便被迫降世的孩子，是相當、相當脆弱的。」宋醫生讓巨手將自己撐起站直，他和陳碇夫手抓著手面對面對峙，他們身上激出的魔氣震動著大地，腳下竄起的巨手和陳碇夫身上額外竄出的蟲肢互搏。「但我們有許多法術能夠讓他變得強壯。」

宋醫生邊說，同時鼓足全力，將陳碇夫壓得不停向後退，撞進了牆裡、撞進了民宅，像戰車般輾過客廳睡房，再撞破牆壁來到隔鄰巷弄，跟著撞進再下一戶民宅裡。

「這樣一來，才能讓他和他媽媽，一同參與我們的遊戲。」

「嘶嘶——嘶嘶嘶——」

陳碇夫歪扭著頭，喉間發出了奇異的喘息聲，雙眼、雙耳、口中，都淌下了深綠色和黑紫色液體。他用強壯的昆蟲下肢撐住了宋醫生的推壓，且開始反過來推動宋醫生，輾壓過剛才輾壓來的那段路，他背後的蟲肢變得更爲巨大，宋醫生的巨手群竟漸漸落了下風。

「呃……」宋醫生後退著，試著將雙手抽離陳碇夫的緊抓，他感到陳碇夫體內又激生出新的強大力量，他覺得當下最好拉開距離，然後再戰——

但是陳碇夫的雙手力量也遠比先前巨大數倍，此時陳碇夫身上的蟲甲隱隱崩出細微裂痕，他身體裡的魔蟲力量雖能快速修補身體損傷，但當他使用了遠超過肉體負荷的力量時，同樣會對自己的身體造成額外傷害，且這傷害的速度，逐漸開始超過修補的速度——

宋醫生感到雙手發出更強烈的劇痛，手骨被陳碇夫捏得崩裂得更嚴重了。自然，陳碇夫的兩隻蟲手也裂得誇張，他們各自動用巨大的魔氣來支撐雙方身體上的傷害，持續激烈對峙著。

宋醫生同時感到在這持續的強大魔氣對撞下，漸漸地透不過氣，他望著陳碇夫的蟲臉蟲眼，卻看不出他是否承受著同樣的痛苦和難過。

「我知道了……」宋醫生接連咳出幾口血，說：「我講的這些話，對你的精神造成更大的痛苦，而麻痺了你身體上的痛苦，對吧……」

「我想我應該講點……讓你鬆懈的話……」宋醫生苦笑著說：「其實在你心裡，應該抱著一絲希望，對不對？在你收到箱子的時候，你已經發現了，對不對？」

在宋醫生說出這句話的同時，本來不停被推壓向後的步伐，終於停下了，眼前催動出十五分力量的陳碇夫，似乎將力量收回了六、七分。

「箱子裡，只有身體，沒有魂。」宋醫生一字一字地說：「那麼，魂在哪裡呢？」

「……」陳碇夫兩隻猶如昆蟲巨大複眼般的蟲目，閃動起悲悽的光芒，他終於沙啞地開口：「在……哪……裡？」

「在……」宋醫生說：「黑夢核心、萬古大樓的地下倉庫裡……那是我們五個人的家，是黑摩組的巨大魔殿，是協會、畫之光這段時間，最想攻破的地方。」

「把他們，還給我……」陳碇夫沙啞地說。

「你放開我再說。」宋醫生這麼說。「我的手被你捏得很痛……」

「……」陳碇夫沒有反應，像是對宋醫生這番話有些狐疑，儘管當時箱子裡，那七零八落的心愛妻子和孩子的肢體裡，確實乾乾淨淨地沒有殘留一丁點魂魄氣息——四指有成千上百種將人魂修煉成惡鬼甚至巨魔的法術。

以黑摩組的作風，將黃禮珊的魂魄保留下來作爲各種用途，甚至於日後用以要脅他的可能性，確實遠遠高過當下直接摧毀。

「我簡單地分析給你聽。」宋醫生繼續說：「要是你現在殺了我，你就得找到第二個黑摩組成員，擊敗他們，然後逼供，而現在，你快沒力氣了，應該很難做到這一點。」

在過去漫長苦行的狩獵過程中，陳碇夫自然想過妻兒魂魄還留存在世的可能性。此時此刻，他在精神幾近瘋狂邊緣，把過去反覆思索的臨戰情勢沙盤推演全拋諸腦後，本能地做出了反應——他緩緩鬆開宋醫生的手，沙啞地說：「把他們，還給我……我可以，饒你不死……」

「跟我來，我帶你去拿。」宋醫生飛快往後退，遁入後方巷弄，雙手一揮，兩邊巷弄壁面竄出各式各樣的黑夢建築群。

陳碇夫追了上去，揮動蟲肢擊碎那些建築群。

「你放心，他們過得很好。」宋醫生這麼說，不停飛退，持續催動黑夢力量，喚出黑夢建築撞擊陳碇夫。

他其實不是很清楚陳碇夫此時還剩下多少餘力，他只是做了個簡單的盤算，即便陳碇夫此時的力量與他相近——但他還能夠使用黑夢。

在紳士帶著那些貘滲透了黑夢的情況之下，讓宋醫生無法順利控制陳碇夫心神，但仍能夠指揮四周建築群生長。

在雙方力量相差不大的情況下，假使宋醫生能夠利用黑夢建築群，將陳碇夫殘餘力量消耗更多，他便能重新奪回優勢。

「好，我告訴你怎麼進入萬古大樓。」宋醫生這麼說的同時，揚手召出巨臂，將追來的陳碇夫重重掃入一戶民宅裡。

「就是你現在死去。」宋醫生追了上去，同時召出更多大手，擊散陳碇夫發出的魔氣和飛蟲，一把掐住他頸子，又按著他接連撞破好幾面牆，來到巷弄，將他高高舉起。

「你死了，我帶你的魂回去，讓你們一家團聚。」

「一……家……團聚？」陳碇夫蟲眼閃爍，此時的他並非全無餘力掙脫這些大手，再行反擊，但宋醫生的話似乎讓他陷入掙扎。

儘管他誓言用盡一切力量報仇，且此時也確實逮著了大好機會，但此時此刻，他心裡想的卻全是宋醫生說的那四個字——

一家團聚。

「殺了你，我還是……可以把他們，救出來……」陳碇夫喉間滾動著奇異而沙啞的蟲音，呢喃著片片斷斷彷如夢囈般的話語，他吃力地抬起滿布裂痕的雙手，似乎還想反抗。

數隻大手從地面竄出，抓住陳碇夫雙手。

陳碇夫似乎還有餘力，那些大手無法完全制住他。

「對，但我的夥伴們，安迪、小非他們會回到萬古大樓，會因爲我死在你手上，而想起你太太和孩子。他們會從琳琅滿目的玩具裡，重新選上他們，讓他們再一次經歷那三十天裡發生的一切。且不只三十天，而是三百天、三千天，日復一日、永無止盡……」

宋醫生抹了抹嘴角的血，鼓動著殘餘的指魔之力，召出一隻隻巨手，握住陳碇夫全身。

陳碇夫默默無語，他全身蟲甲被巨手怪力捏得逐漸崩裂，魔蟲力量已消耗到了盡頭，他苦行蒐集的魔蟲卵和各種能夠強化自己的力量，依舊比不上黑摩組埋進手指裡那些珍奇指魔，他的蟲目逐漸恢復成人眼，眼神茫然渙散。

「很好。」宋醫生見陳碇夫不再反抗，笑了笑，長長吁了口氣，往前走近陳碇夫，舉起手來，像是想要對眼前的陳碇夫施以最後一擊。

宋醫生當然不會眞正殺了陳碇夫，體內藏著數隻魔蟲的陳碇夫，比黑摩組成員手指裡的大魔都來得珍貴，但他忌憚陳碇夫的力量，至少得讓陳碇夫受到更嚴重、短時間難以痊癒的傷害，才能夠安心地將陳碇夫當成戰利品帶回萬古大樓。

「一陣，衝鋒車——」

巷弄那頭，傳出了郭曉春的喝令聲。

宋醫生轉頭望去，只見剛才落入雜貨店頂樓怪洞裡的郭曉春，此時竟持著十二手傘佇在巷口。

十二手鬼拿著十二把傘，傘魔們快速結成了一個突擊陣形——

虎仔、熊仔衝在前頭開路；憨牛、笨馬載著文生、悟空緊隨在後；樹人化出了木造車輪和車體，讓前頭四獸拖著，猶如古代戰車，車上載著手持十二手傘的郭曉春；豬仔則在後頭推著車廂往前奔衝，鼻孔還發出嚕嚕聲。

土龍群轟隆隆地自虎仔和熊仔前方甚至是兩側牆面竄出竄入地開路，後方地面跟著大批毒蛇隊，空中則是那飛鳥大軍和紅頂白鶴。

二陣「堅城」是猶如銅牆鐵壁的守衛陣形，一陣「衝鋒車」則是無堅不摧的突擊陣勢。

「斬！」踩在樹人化作的戰車上，郭曉春一聲令下，前方上空的白鶴立時揚羽化出厚刃，往宋醫生腦袋上劈下。

宋醫生召出一批新的巨手，擋下那自空斬下的白羽厚刃和左右竄來的粗壯土龍。他腳下一震，幾個石雕倏地立起，揪著他身子猛擊。

「差點忘了陳碇夫這邊！」紳士的聲音自四周那些黑夢擴音喇叭傳出。「一個人還眞忙不過來呀……」

紳士與小迪奇指揮上百隻貘，在結界隱密處掌控大局，一面替晝之光夥伴指路，帶領他們趕往穆婆婆結界裡的古井庭院；一面不停變化結界構造，將除了安迪那路人馬以外的黑摩組成員，一齊誘至古井庭院——

將邵君、鴉片和大批走失雜兵同時引進古井庭院的指路骨臂，是紳士變出來的；宋醫生正忙著與陳碇夫惡戰，可無暇替邵君、鴉片等人帶路。

除此之外，紳士在引誘鴉片、邵君前往庭院的同時，還得施術變化結界構造，拖延安迪與另外三人會合；再抽空救出安娜和郭曉春，並竭力壓制宋醫生周邊黑夢效力，以保護陳碇夫的心智不受黑夢影響，是以紳士此時的聲音充滿了疲憊。「我開始懷念有淑女幫忙的時候啦！」

「你們以為這樣就能打贏我？」宋醫生一瞪眼，身旁再次竄出數隻巨手，與衝來的土龍、毒蛇、虎仔、熊仔等傘魔大軍亂鬥起來。

「有沒有嚇一跳？原來你攤子上的魚肉，不但會彈會跳，還會咬你一口。」安娜的聲音自另一邊響起。

一道黑髮纏上宋醫生的臉，那是安娜的髮術。

儘管宋醫生與陳碇夫一陣惡戰，指魔之力消耗甚鉅，但安娜這束黑髮依舊無法傷他分毫——

但可以遮蔽他的視線。

那道黑髮像是眼罩般覆住了宋醫生的雙眼。

「喝！」宋醫生立刻扯開蒙住他雙眼的黑髮，卻見到他身邊也給圍上一圈以黑髮編織成的黑布，讓他猶如身處在投票小亭子中，看不見外界一切動靜。

薄薄一層黑髮布幔，在短短一瞬間內，便讓宋醫生全身發出的魔氣風暴捲得碎裂，但他尚未有下一步行動，四周已經變得寂靜無聲——

郭曉春與傘魔大軍憑空消失在街道上，另一邊本來捏著陳碇夫的幾隻巨手，手腕被一群自公寓壁面竄出的壯漢石雕緊緊抱著，陳碇夫則消失無蹤。

原來安娜的黑髮、黑布和郭曉春那衝鋒攻勢，只是爲了使宋醫生分心，協助讓紳士一舉救走陳碇夫。

07坐騎大戰

「順源哥！」盧奕翰一連捱了鞭子的快腿、拳擊手幾記重拳、空手道大叔一記前踢之後，連退好幾步，被趕來的陳順源按著肩膀，才使他不致於跌倒。

由於盧奕翰此時臉上還掛著那百寶樹鼻胃管，體內魄質源源不絕地強化他的鐵身，因此這輪攻擊對他完全產生不了傷害。

「打架別分心。」陳順源深深吸了一口菸，往反握著的小刀刀刃上一吐，刀刃上結出一層冰霜。「聽說你現在是協會正式的除魔師了。」

「是啊！你們怎麼來了？」盧奕翰雙手緊緊握拳、重重互撞，指節上幾枚符字閃耀，炸出閃耀金爆。

鞭子等人可不給他們敘舊的空檔，鞭子一個飛縱上前，扭腰抬腳，一記高鞭腿往盧奕翰腦袋上抽去——被陳順源早一步蹬在支點那腿彎上，將鞭子踹倒在地上。

盧奕翰掄出一記鐵拳，轟在第二個衝來的空手道大叔鼻子上，將空手道大叔打得翻騰一整圈後俯趴在地。

前竹南組的小美和倪近鐵一左一右圍來，小美一雙帶刃長腿如同長槍大戟，三、四秒內踢出六、七腳，像是敲鐘般將盧奕翰一副鐵身上下敲得咚嚨作響、火花四濺。

盧奕翰仗著鐵身，舉臂護著頭臉，往前矮身一撲，攔腰抱住小美，將她撲倒在地——

「不行。」陳順源揚開符咒化出冰雪，逼退倪近鐵和拳擊手的攻勢，再將短刀反插進撲來的沙包大腿，他瞥見盧奕翰撲倒了小美之後準備施展寢技，急急提醒：「小心她手腳帶刺！」

「不怕！」盧奕翰雙手扣住了小美手腕，雙腳挾著她胳臂，固定著她的肩，猛力將她胳臂往下一折，用自己腹部恥骨處抵住小美的肘關節，然後將她的手臂狠狠反折——盧奕翰拳腳沒小美迅捷，便改用寢技對付她，對她使出一記腕部十字固定。

但小美的手腳能夠生出銳刃，包括手肘。

而盧奕翰有鐵身。

且還是百寶樹果實持續加持中的鐵身。

兩記喀啦聲幾乎同時自小美手肘處發出，一聲是銳刃折裂聲，一聲是肘關節斷裂聲。

盧奕翰一擊折斷小美胳臂，立刻像個陀螺般打起轉，又揪住小美的腳，不顧她拚命踢蹬，將她左腳也喀啦應聲折斷。

「你現在都用這流氓打法？小蟲刺在你身上的鐵身術有這麼厲害？」陳順源見盧奕翰在折小美腳時也挺著身子，毫不閃避小美另一腳那帶著銳刃的連連重踏。

「平常可不能這麼打……」盧奕翰沒時間解釋，只能嘿嘿笑著彈起，和撲來的倪近鐵近身亂打。在鐵身加持下，他只攻不守，捱了倪近鐵五拳，還了他三拳，第三拳將倪近鐵的下巴都打碎了。

盧奕翰的鐵身術雖能化出銅皮鐵骨，但受到外力衝擊，依然會消耗魄質。平時他打架，在避無可避的情況下，才施展鐵身硬捱，但此時他腹中的阿弟正大啖不停結出的百寶樹果實，轉化出源源不絕的魄質，讓盧奕翰像個暴發戶般盡情揮霍，全身上下都如鋼似鐵，才能用這種流氓打法，不閃不避，掄拳暴打。

他用同樣的打法，將來襲對手一個個搥翻在地，陡然聽見陳順源的高聲吆喝，同時見到一個身影竄來，他想也不想地對著那人腦袋擊出刺拳，啪地炸出一陣金光。

「噫！」盧奕翰陡然縮回手，這才見到被他擊中的那傢伙是鴉片。

他覺得手指發疼，鴉片的鼻子倒是毫髮無傷。

此時鴉片兩隻眼睛漆黑如墨，乍看之下像是兩處深邃的黑洞，全身肌肉不正常地隆動，浮突的筋脈彷如泥鰍般彈滾起來。

「我看膩了……」鴉片揚起雙手，十指空空如也，他摘去了全部的戒指，像是想要一口氣結束這場亂鬥。

盧奕翰拍拍肚子，像在提醒肚子裡的阿弟打起精神，他試探地對鴉片擊出幾記刺拳，拳頭彈無虛發，每一拳都正中鴉片鼻子——

因爲鴉片完全不閃。

「你學我啊……」盧奕翰嘿嘿一笑，正想出記重拳，但鴉片陡然竄近盧奕翰身邊，一拳勾在盧奕翰肚子上，還順手揪住掛在盧奕翰身前的那條鼻胃管。

盧奕翰被鴉片這記勾拳打得如同脫線風箏般飛了起來，感到全身五臟六腑都在震動，先前阿弟消化了好一陣的百寶樹果實所積蘊的魄質，幾乎被鴉片這拳打散了七、八成；且由於鴉片出拳同時，還揪住了那軟藤，盧奕翰往後飛退的同時，深入胃裡的鼻胃管，也被硬生生拉了出來。

「我就說你怎麼變得這麼耐打，原來作弊。」鴉片瞧了瞧手上那猶自不停結果的百寶樹軟藤，不屑地隨手拋下。

接替盧奕翰上前擋下鴉片的是陳順源。

「我聽說賀大雷的事了。」陳順源一手反握短刀，另一手灑出漫天符籙。「他是我最好的朋友之一。」

「關我屁事。」鴉片揮揮手，所有符籙全被他周身魔氣捲爛撕裂。

「還有碇夫、禮珊和他們的孩子……我們有太多帳要跟你們算了。」陳順源這麼說，接連拋出幾把符籙，那些符籙照著陳順源的手勢和口令在空中盤繞，像是一支訓練有素的鴿群。只聽陳順源一聲令下，數十張符籙再次襲向鴉片全身。

「隨便你怎麼算。」鴉片又一揚手，周身魔氣亂捲，再次將來襲符籙盡數震碎捲爛，卻捲不爛也震不碎陳順源那柄藉著符籙掩飾、疾射而來的隨身短刀。

短刀拖曳出一道青光，穿透了鴉片身前那層魔氣風暴，正中他心窩。

噹的一聲，短刀落地。

催動起十指魔之力的鴉片，此時的身體比盧奕翰那鐵身還要堅韌。

陳順源並不感到詫異，他本來就不認爲那一刀能夠穿透鴉片胸膛，那把飛刀，只是將他的咒術施至鴉片身上的道具。

鴉片心窩處結出了層層冰霜，冰霜範圍飛快擴散，一下子便籠罩住鴉片全身，且結出層層厚冰。

鴉片似乎一點也不以爲意，他甚至連驅動指魔之力對抗那冰術的意願都沒有，而是任由冰術不停在他身上結出堅冰。他只是一步步往前，身上甫結出的厚冰立時崩碎落下，然後再結出新冰、再崩碎落下。

面對這樣的敵手，陳順源一時啞口無言，只好不停後退，持續施放符籙游擊，同時高聲提醒其他晝之光成員：「別硬碰硬，他們現在手中的指魔力量幾乎無堅不摧。」

但他話還未說完，另一端的邵君已經將兩個貼身襲去的晝之光成員撕成碎片，還將其中一枚猶自怦怦彈動的心臟叼在嘴上，繼續往前。

邵君也摘下了所有戒指。

「笑死人了，憑你們幾個就想擋下我們？」莫小非站在影魅馬車上指揮雜兵往前衝鋒，她扠著腰，大聲對守著古井大樹那頭的晝之光成員和穆婆婆等人說：「就算伊恩在這裡，也絕不可能同時擋下我們三個！」

儘管她這麼說，但雙眼緊緊盯著佇在人後的張意，盯著他捧著的七魂上那微微睜眼的斷手。

她這麼說的同時，微微揚手，指魔之力正緩緩恢復著，她也準備再度參戰了。

「全部後退——」神官陡然自長門肩上飛起，朝著持續往前衝鋒的晝之光成員下令。「這是老大的命令！」

長門撥著三味線，一面與鬼虎、謝老大等人遊鬥，一面試著喚回殺瘋了的韓國母女。

此時的鴉片和邵君已摘下全部的戒指催動全力，此時在場所有晝之光成員，包括她與韓國母女，自然都不是黑摩組三人的對手。

「哇！」英武這時才遠遠地發現長門肩上的神官，他急急地對小八說：「我說的就是他，那隻變種的白文鳥！那隻卑鄙的白文鳥！」

「什麼？」小八好奇地嘎嘎叫嚷起來：「在哪裡？在哪裡？鴿子大的白文鳥在哪裡？」

「他們可能覺得，晝之光裡只有安迪才能威脅到他們。」邵君冷冷笑著，一步步往前，她踩過之處，青草紛紛焦燃起來。

「快衝啊，哪個偷懶，我要懲罰。」莫小非扠著腰，對鴉片、邵君及自己帶來的手下們大聲下令。

黑摩組雜兵們聽了莫小非號令，個個奮勇往前衝鋒。謝老大兩隻瘦手托著巨大火團竄在最前頭開路；鬼虎挺著手杖，在身前結出一個個怪異符陣，符陣裡竄出稀奇古怪的獸首或鬼爪；被盧奕翰和陳順源打趴在地的小美、倪近鐵、鞭子、沙包等也奮力掙扎站起衝鋒，腿斷的便單足跳、手斷的便張口咬，像是一支藥物發作的瘋癲兵團。

這頭畫之光成員分別在盲婆婆、陳順源和長門指揮下，且戰且退，退到了古井前方結成守禦陣線，由於陣中有伊恩壓陣，那對韓國母女儘管瘋癲凶惡，卻還是被長門以銀流拖回，伏在陣線前方，像是兩頭蓄勢待發的猛獅。

陳順源放出最後一批符籙後，也退至古井陣線前，與長門、韓國母女、盲婆婆等並肩待命。

菜刀伯雙手張著，一雙手掌胳臂托著十數柄刀，連嘴裡也咬著一把刀；吳楓白繩繫著彎刀高高伸到了空中，彷彿兩條擺出攻擊架勢的眼鏡蛇；盲婆婆踩上了黃金山豬，托起一顆鬼首；老陸揭開隨身皮箱，裡頭的符籙疊得像是電影裡毒品交易用的鈔票。

陳順源伸手從老陸的皮箱裡抓走一大疊符，往空中一灑。

百來張符在空中舞繞成陣，一張張符全結出冰霜，跟著像是巡弋飛彈般往迎面衝來的謝老大襲去。

謝老大托起兩團巨火，往古井陣線炸去，他身後的鬼虎等黑摩組雜兵們，紛紛使出身懷奇術，往古井方向拋射，古井防線成員們自然也施展咒術還擊。

一時間，各式各樣的符咒、飛頭、術獸、屍鬼、飛針、火團、冰風、毒氣此起彼落地對炸互轟，庭院中央彷彿出現了一場醜怪的煙火秀，奇形怪狀的飛天鬼頭彼此撕咬，再被眼花撩亂的咒火、毒風燒得焦黑爆炸。

鴉片深吸口氣後猛喝一聲，吼出凶惡黑風；邵君尖笑幾聲扒了幾扒，扒出紫色魔氣，他倆的黑風紫氣將古井守軍的咒術一口氣吞噬去大部分，將本來勢均力敵的咒術僵局打破，讓黑摩組雜兵們加速往古井近逼。

突然，古井炸出了一陣極其耀眼的光爆。

光爆之中傳出一陣雄猛無匹的犬吠聲。

跟著是一陣響亮刺耳的鳥鳴聲。

還伴隨著尖銳的猿啼聲。

數百隻火焰鳳凰、巨鷹從天上呼嘯竄出，將來襲的黑摩組雜兵一個個炸飛老遠。

數百隻壯碩的巨大藏獒、高加索、土佐和灰狼，混雜著數百隻剽悍黑猿，以及數百隻憤怒燃火的兔子，竄過陳順源、長門身邊，急奔一陣後，撲向前方攻來的黑摩組雜兵們。

「老娘復活啦——」硯天希的吼聲自古井守軍陣中飆出，她提著夏又離，踩在一隻巨大鎮魄犬背上，衝過守軍陣線最前方。此時的硯天希，頭上頂著狐耳，臀部揚著狐尾。

她兩隻胳臂若隱若現地閃動著十數隻小手，每一隻小手上，又生著七、八隻更小的手。

「雖然不知道那怪東西搞了什麼鬼，但老娘復活了！」硯天希精神抖擻地揚手畫咒，她胳臂上十數隻小手和小手上的小手們，也同時畫咒，大大小小的符籙光陣同時浮現——這些光陣堆疊起來，便是剛剛那陣古井光爆的由來。

短暫光爆之後，硯天希小手群上的小手群裡的每一隻手，又各自生出一批更小、更小的手——

這些小手和小小手，便是墨繪術裡可以同時畫出複數符咒的秘招——懶人手。

不論大手小手，畫出的墨繪術力相同，這也是硯天希或硯先生都明明只有兩隻手，卻總能一口氣喚出數十隻墨繪獸的緣故。

正常情況下，第一批懶人手加上第二批懶人手，便能夠一口氣召出數十隻墨繪獸，且這也接近硯天希平時的施咒極限——

每一隻墨繪獸所消耗的魄質相同，懶人手只是加速畫咒流程，可沒辦法節省魄質。

但此時硯天希全身上下閃閃發光，甚至像是蓄飽電力卻無處發洩、迫不及待要大開殺戒般——她的後腦、後頸、雙肩處都插著細針，繫著數條極細的銀絲——銀絲一路連至古井。

穆婆婆不會直接將魄質注入身體供術士使用的法術。

但是天才伊恩會。

長門等人殺下之後，張意未和眾人一同參戰，而是一直待在後方，便是讓伊恩先施法破解古井周遭的黑夢術力，再施展引流法術，輪流在眾人身上插針，引出古井魄質，灌入眾人身體。

百年狐魔硯天希自然是第一人選。

此時硯天希身旁的夏又離，背上也插著同樣的針和線，身子裡也注滿了古井魄質，雙手同樣掛著密密麻麻的懶人手。

「再來——」夏又離和硯天希，兩個人四隻手，加上一條狐狸尾巴，依附著三批懶人手，同時畫咒——

數百枚符籙光陣同時閃現，巨大的火鷹飛梭竄出，飛彈似地往前方敵人轟炸——這波火鷹威力，比先前古井守軍所有人放出的咒術還要強大，這是硯天希在正常情況下絕不可能使出的「三次方懶人手」的威力。

巨大的火光在雜兵陣中炸開，力量較強的謝老大、鬼虎等人勉強使用咒術或防守獲閃避，閃避不及的便給炸飛老遠，一些力量較弱的雜兵惡鬼們，更是直接讓那些火鷹追炸成了碎塊。

即便是摘下全部戒指的鴉片和邵君，也不敢掉以輕心，他們催動出更強悍的魔氣，迎擊自空中來襲的火鷹群。

庭院中央，數百隻火鷹與兩股魔氣交撞出一團又一團的奇異爆炸，黑摩組雜兵們仍然忠誠執行著莫小非命令，他們兵分兩路襲往古井。

守衛古井的畫之光成員們自然也做好了迎敵準備。盲婆婆踩著黃金山豬，與陳順源分別指揮兩邊夥伴，各施奇術迎戰敵人；長門則領著韓國母女來回游擊支援。

硯天希身旁的夏又離也沒閒著，他見到雜兵持續攻打古井，便也揮起「三次方懶人手」，飛快畫下墨繪術裡的鎮魄咒，一口氣召出百來隻鎮魄巨犬，分成兩路攔截往古井夾擊的黑摩組雜兵。

在古井魄質加持下，夏又離召出的鎮魄巨犬一點也不輸硯天希，不是藏獒、高加索，就是土佐、大白熊等超大型犬。這批鎮魄犬浩浩蕩蕩地追進雜兵陣中，與雜兵惡鬼們鬥成一團。

只見亂衝亂撞的巨犬群中，還混著一隻怪異猛犬，一張口能夠吼出巨波，將雜兵惡鬼吼得四分五裂——

那是鬃獅魔。

夜路身上也讓伊恩扎上了細線銀針，大量魄質灌進他的身子，流入有財和鬆獅魔體內。

此時夜路手腳都讓有財的光鬚控制，鬆獅魔腦袋從夜路天靈蓋探出，有財則探在夜路後頭上，猛一看，夜路就像一頭變形異獸般，混在鎮魄犬中凶猛殺敵。

「喂！別這樣打，難看得要死！」夜路自然大聲抗議。「給我換個帥氣點的打法！」

「帥氣點的打法？」有財像個騎乘巨獸的將軍，操使著光鬚指揮鬆獅魔，發出一聲聲吼波，將黑摩組雜兵震得粉身碎骨。他聽夜路這麼說，便拉了拉光鬚，讓夜路站起身來，鬆獅魔也從夜路腦袋竄到胸口。

「不對，讓鬆獅魔到我手上來……」夜路這麼說，跟著托著那自他右掌竄出的鬆獅魔腦袋，對準了一個襲來的黑摩組惡鬼，大喊：「獅子砲——」

「吼——」鬆獅魔嘴巴大張，轟出一股震波，將那惡鬼連頭帶胸都炸沒了，他得意地說：「這就叫帥氣。」

有財尚未做出評論，便見到前頭又有幾個黑摩組雜兵圍來，立刻拉動光鬚，「駕駛」夜路迎戰。

夜路本來有些抗拒讓有財這樣拉線控制，但他身手本便不佳，過去在亂戰中總是被莽撞爆衝的鬆獅魔和有財搞得肩膀脫臼。此時他將身體交付給有財控制，讓有財操控著自己全身同時指揮鬆獅魔，反倒減輕負擔，還能同時耍帥。

夜路放鬆身子，在有財控制下，接連做出猶如電影裡武俠高手般的瀟灑動作，再以鬆獅魔的吼波一一擊退敵人，不但不再抗拒，反而得意起來，開始叫囂：「來來來，你們來一個我宰一個、來兩個我宰一雙！有誰想像得到，原本只在故事裡現身的夜英雄，此時此刻，眞實降臨大地啦——」

有財與夜路見到前方又有雜兵圍來，立刻上前迎戰，但頭頂掠過一道人影，是張意。

張意頭頸後背上也插著銀針，接受古井魄質加持，甫一落地，抬手起腳，將幾個雜兵全打倒在地，此時張意右手上拿的武器不是七魂，而是一根燃火木棒——

伊恩斷手此時不在張意身上，而是在古井旁，由孫大海小心捧著，替尙未插針的夥伴們施術，摩魔火則迫不及待地牽著張意出陣「練兵」了。

「喂，兄弟，你打你的、我打我的，那邊還有好幾堆，你別來搶我鋒頭！」夜路朝張意大嚷。

「靈能者協會的廢物，滾一邊涼快去！」摩魔火在張意腦袋上大罵，他四足高舉，背上火毛飄揚，拉動蛛絲讓張意對著夜路比出中指。「我們是來替你們擦屁股，還不跪下來磕頭！」

然後，摩魔火和有財似乎都注意到對方手爪上的光流細絲，以及各自身下那台「坐騎」。

「哎喲！」夜路和有財聽摩魔火這麼說，可不服氣。「好囂張的蜘蛛。」「那蜘蛛也懂操偶？」

「操偶？」摩魔火頭胸上複眼閃爍，拉動蛛絲，讓張意揚了揚手上燃火木棒。「一隻畜牲哪來資格跟我摩魔火大人談操偶？」

「你一隻蜘蛛叫我畜牲？」有財不甘示弱，一雙小小貓掌左比右畫，拉動光鬚控制夜路擺出格鬥架勢。「不管怎樣，我們的敵人是黑摩組，不是彼此，我勉強原諒你的無禮……」

「四指是敵人、你們是廢物垃圾。」摩魔火一點也不領情。「晝之光本領大到能夠一面殺敵人，同時掃垃圾。」

兩人一貓一狗一蜘蛛壁壘分明，張意和夜路步步趨近，像是要互毆。

前頭又是一批雜兵殺來。

有財控制夜路舉起鬆獅魔吼飛三隻惡鬼，摩魔火操使張意揮棒打趴三隻惡鬼。

夜路得意大笑，張意卻哀號起來。

「朋友，有那麼痛嗎？」夜路見張意模樣痛苦，不解地問：「你會不會太緊繃了，學著點，像我一樣放鬆，想像自己變得像流水。」

夜路還沒說完，又有雜兵攻來，有財立時操使夜路舉起鬆獅魔迎戰，夜路也如聲稱那般癱軟如泥、搖頭晃腦，連舌頭都吐了出來，任由有財擺布，讓鬆獅魔吼吼兩聲，炸飛兩隻雜兵。

「像……流水一樣？」張意啊呀叫著，試著放鬆身子，行動間果眞輕鬆許多，但仍然讓摩魔火許多不合理的調度扯得手腳發疼——

這是因爲有財終究將夜路當成朋友，二來他寄宿在夜路體內，知道這身子等同自己的「家」，出手時也給夜路留了些餘地；但摩魔火身為夜天使教官之一，對張意的怯弱早感到憤怒，他一點也不在意張意肉體疼痛，甚至刻意想讓張意多嚐點苦頭，迫不及待想要將他鍛鍊成能夠統領晝之光的堂堂男子漢——

「哇！」張意哀號一聲，高高踢出一字馬，蹬碎了一個雜兵下巴，然後迴身揮著燃火木棒將之擊倒在地。

「叫成這樣，像不像男人！」摩魔火憤怒大罵：「不過就是拉個筋，跳芭蕾舞的小妹妹都做得到，你鬼叫什麼？」

「師兄呀，跳芭蕾舞的小妹妹就算要練劈腿也是慢慢練出來的，你別這麼突然——」張意急急嚷著，又哀號一聲，再次抬腿踢出一記一字馬。

「突然怎樣？我突然怎樣了？」摩魔火說：「你比芭蕾舞小妹妹多活十幾年，人家練半年你練一秒，很公平啊！」摩魔火說到這裡，繼續操縱張意接連亂棒打翻十多隻圍攻惡鬼，回頭瞥了夜路和有財一眼，說：「廢物，不是叫你們這些協會廢物滾遠點？跟著我幹嘛？你們也想嚐嚐我這火棒子？」

「這蜘蛛吃了炸藥呀？」儘管夜路一向不認為自己是靈能者協會正式雇員，但聽摩魔火這左一句廢物右一句垃圾的態度，也不免起了競爭之意，催促鬆獅魔吼飛更多雜兵惡鬼。

08頭目對決

「喂喂喂！我先說好，那臭狐狸跟又離都是我的，你們可別跟我搶耶——」莫小非遠遠地站在影魅馬車上，對著逼近硯天希和夏又離的邵君與鴉片嚷嚷。

鴉片與邵君互望一眼，像是都不想將眼前這豐盛珍寶讓給對方或是莫小非。

「照規矩來囉。」邵君嘻嘻一笑，搶先行動。

獨自擒獲的俘虜和珍寶歸擒獲者所有，共同擒獲的敗將則由參戰成員全體共享，倘若有人特別鍾愛某些共有物，也可以與其他成員協調交易——這是黑摩組五人間的共識。

眼前這煉出魔體的百年狐魔硯天希，顯然價值高昂，儘管莫小非搶先開口宣示主權，但鴉片和邵君根本不買帳。

邵君搶先出手，她一雙細瘦胳臂張著兩隻怪異大爪，力量強悍得彷彿能夠劈山裂地，腳下踏過的草地周邊，全讓她散發出的魔氣熏烤成一片焦土。

硯天希和夏又離飛快畫出四道破山咒，讓兩雙手變得粗長壯碩。

他們揮動四隻破山巨拳惡戰邵君一雙怪爪，在短暫的瞬間對轟了十數次——邵君占了上風，催動起雙位數的指魔力量，令她彷彿化為傳說中的魔神，兩隻惡爪無堅不摧，在硯天希和夏又離的破山巨臂上，扒出深可見骨的可怖血痕。

「貓舌、鎮魄、大火、怒兔……」硯天希與夏又離急急後退，夏又離不停畫咒治療自己和硯天希的負傷雙臂，一面畫出墨繪獸阻止邵君和鴉片前進。

硯天希則站定了腳步，畫出力骨咒，她在自己與夏又離背後，分別附上一具能夠讓力量強化數倍的墨黑骷髏，在古井魄質加持下，這兩具力骨的模樣看來格外猙獰。

但硯天希顯然不滿足背後僅只兩具力骨，她又畫一咒，在他們身後兩具力骨後方，又架起一具更為巨大、也更為凶悍的巨型力骨。那巨型力骨揚開巨大骨手，彷彿保護小雞的母雞般，環抱著硯天希和夏又離周身。

邵君的惡爪再次襲來，硯天希與夏又離揮拳迎擊，雙方魔氣激衝，四周正交戰中的畫之光成員與黑摩組雜兵們，像是受到強烈颱風吹襲般搖晃著。

轉瞬間，硯天希、夏又離與邵君又互擊了十數拳。

邵君依舊佔著上風，硯天希與夏又離繼續後退。

「臭小子，你沒吃飯啊，盡扯我後腿——」硯天希氣憤大罵，他們剛讓墨繪貓舌咒治好的破山胳臂，立刻又讓邵君扒出凶惡血口。

邵君一口牙變得又尖又長，還掛著駭人長舌，兩隻眼睛殷紅如血，像是一頭食人凶獸。她在不停出爪攻擊的空檔，竟還偶爾停下，嘻嘻笑地舔舐自己爪子上扒下的血肉，像是飢渴難耐。

「我沒看錯吧，她在吃我們？」夏又離望著自己破山巨臂上的慘烈血痕，駭然驚叫。

「氣死人了——」硯天希又一把將夏又離往後拖退十餘步，先放出一批墨繪獸往邵君與鴉片轟去，跟著再在兩人背後那巨大力骨後方，畫出一具更加巨大的力骨。再架上一具更大、更大的力骨。

遠遠望去，硯天希和夏又離就像是站在博物館裡恐龍骨架化石前等著拍照一般，背後堆築著一座巨大骨架群——兩具成人大小的力骨，後頭跟著三個一具大過一具的大型力骨。

「哇！哦哦哦——」夏又離過去雖然也曾使用力骨咒搭配破山咒與強敵惡戰，但由於這兩項墨繪術都會消耗大量魄質，因此他從未體驗過力骨疊上力骨，這種層層相加和多重懶人手一樣的「多次方力骨」所帶來的巨大力量。

此時他感到身體像是給灌飽了氣的氣球般鼓脹得難受，本能地揮動拳頭迎向第三度來襲的邵君，像是想要藉此紓解飽脹的力量。

庭院中央又掀起一陣驚天動地的魔氣轟衝，硯天希與夏又離身後那三大兩小的力骨同時激發出的力量，讓他倆在與邵君第三度短兵近戰時，總算沒落居下風。

「擋她一秒，然後換我！」硯天希靈機一動，將夏又離往前甩出半步，讓夏又離與邵君硬戰兩招，再跨步竄前，朝著邵君猛揮一記重拳。「吃我這一拳！」

硯天希這記破山重拳不僅威力無匹，且臂上的小懶人手群在出拳瞬間，同時畫咒——無數的符籙光陣之後竄出一隻隻火鷹，這是一記搭配著墨繪大火咒擊出的破山重拳。

上百隻火鷹筆直從硯天希的巨臂往前竄射，像是不斷連發的巨艦主砲。

但邵君早一步高高飛躍到兩人身後那層層疊疊的力骨上方，望了望前方被火鷹轟得炸碎傾垮的黑夢建築群，嘿嘿地說：「真嚇人呢。」她剛說完，一腳踏碎了硯天希和夏又離身後那具最大的力骨頭骨。

「啊！她逃到後面去了！」「她在打我們的力骨！」硯天希和夏又離感到力量陡然

流失，駭然想要轉身，但鴉片已經來到他們面前。

夏又離朝著鴉片頭臉揮拳，卻被他牢牢接著。鴉片哼哼地單手壓著夏又離巨拳，壓得他連連後退，同時還抬頭對著站在兩人身後力骨肩上的邵君挑了挑眉，彷彿在對邵君展示自己的超群力量。

「這麼愛現。」邵君哈哈一笑，翻身落進最外側那被她踩碎腦袋的巨大力骨與前一具力骨之間，雙手一按、後背一頂，喀啦一聲，將最外側的力骨整個拆毀。

跟著她轉身，一爪將倒數第二具力骨扒散。

此時硯天希和夏又離身後，只剩下一大兩小三具力骨。

硯天希一面急著畫咒，想要召出新力骨，但前頭的鴉片用騰出的那手不停擊出刺拳，鴉片身材五短，但此時他每一記刺拳都能擊出劇烈風暴，逼得硯天希不得不守。

「這法術被你們用得可愛極了，像是小孩玩遊戲，安迪的血畫咒有男人味多了！」邵君哈哈笑著，準備將那大力骨也拆了，但只見力骨底下陡然竄起一條大影，是硯天希那條狐狸尾巴。她那狐狸尾巴也能畫咒，且畫出破山咒，讓尾巴變得粗長壯碩，將邵君鞭得高高飛起。

硯天希一擊得逞，卻笑不出聲，她感到本來源源不絕灌進身體裡的古井魄質，突然停下了。

「差點忘了妳也是狐狸，也能用尾巴畫咒……」被掃飛的邵君落在地上，看了看手上幾條焦黑細絲，原來她在被破山大尾巴掃飛的同時，正好揪著伊恩插在硯天希和夏又離頭頸後背上那些銀針細線，順勢將幾條細絲全揪斷了。

「哇？怎麼回事？」夏又離本來用與硯天希相黏著的左手，搭配懶人手畫咒，但陡然感到全身力量迅速流失，一雙破山大手像是洩了氣的皮球般萎縮——

這是因爲他在失去古井魄質支撐的同時，仍使用那「三次方懶人手」，一口氣畫出一百幾十道鎮魄咒，瞬間消耗掉巨量魄質的緣故。

「哦？」鴉片讓夏又離放出的百隻鎮魄猛犬逼開幾步，鼓氣一震，一口氣將半數鎮魄犬震得碎散，然後也不理會剩餘的鎮魄犬紛紛往他身上撲咬，拖著幾十隻鎮魄犬持續走向夏又離和硯天希。

「小子，其實以前我就看你不順眼。」鴉片對著短暫成爲黑摩組一員的夏又離這麼說。

「早就知道啦！」硯天希哼哼地回嘴。「那時候你心裡嫉妒這臭小子！」

「呃？妳記得那時的事？」夏又離愣了愣，轉頭問硯天希。

「我記得你的心跳聲！」硯天希哼哼地指著遠處的莫小非，用手肘頂了夏又離腰際，說：「那時候你喜歡那臭婊子，那婊子時常帶你玩耍，這矮子嫉妒你，那時我在你身子裡看得一清二楚，嗯？爲啥我會想起這些屁事？」

「沒辦法，我生平最討厭小白臉。」鴉片攤了攤手。

莫小非生得可愛，當年是酒店紅牌，鴉片則是酒店圍事，他們在安迪遊說下，一同加入四指，結成黑摩組，隨著安迪東征西討。那時鴉片對剛加入便獲得安迪賞識，又受莫小非照料有加的夏又離，可帶著不小的敵意，時常找機會修理他，或者要他跑腿打雜。

「鴉片，我早就知道你暗戀我了！」莫小非遠遠地重整氣息，調節指魔力量，隨時準備參戰，聽他們對話，便也笑嘻嘻地插嘴：「不過我們之間是不可能的，我只當你是兄弟喲——」

「兄妳媽個弟。」鴉片哼了哼，用拳頭互撞了撞。「我缺女人嗎？」

「這倒是。」邵君點點頭，表示同意，黑摩組發動黑夢之後，接連吞噬大城市，掌控了數百萬活人，他們擁有數不清的玩具與奴僕，此時他們各都擁有一批俊男美女組成的後宮樂園，過去那酒店紅牌萬人迷莫小非，在現在的鴉片眼中，便只是個酗酒多言的瘋丫頭罷了。

「可惡……怪眼睛手，再幫我插針！」硯天希聽著黑摩組三人自顧自地對話，本想找機會退回古井，讓伊恩重新對她施展引流法術，但此時古井那頭，謝老大、鬼虎等領著各路黑摩組雜兵們，與晝之光成員、夜路、盧奕翰等人正戰得不可開交，硯天希拉著夏又離只奔出幾步，便又讓邵君攔下。

邵君正要發動攻勢，卻被腳下竄出的一顆顆巨大果實和黃金葛藤葉分散了注意力，只見果實轟地炸開，衝出一群一群古怪飛鳥，黃金葛大葉也接二連三爆炸，炸出耀目火光。

邵君和鴉片以魔氣震碎那些飛鳥和藤葉，又見到幾柱巨大樹柱飛龍般撞來，便揮拳迎擊——

孫大海和青蘋遠遠地施術掩護硯天希和夏又離，穆婆婆也靠著伊恩施術獲得古井魄質加持，回復了力氣，全力修築被蝕天蟲破壞的古井結界，一吋一吋地驅逐黑夢，此時見硯天希陷入危機，也重新指揮古井大樹化出樹龍竄去保護他們。

莫小非似乎休息夠了，她長長吁了口氣，踩上影魅馬車前端，準備參戰，但她不知怎地，突然感到有些不安。

古井那端，有股氣息隱隱瀰漫透來。

「小非，我不是要你們撤退嗎？」安迪的聲音，冷冷地自後方那群被硯天希火鷹轟得破爛如同戰後廢墟的黑夢建築群響起。

安迪踩在一處建築斷垣處，他身後左右還跟著上百名隨行雜兵們。

「安迪，你終於來了！」莫小非驚喜尖叫。「是我最先找到這裡的喔！」

「我們就要贏了，撤退？」鴉片皺著眉頭，與邵君對望一眼，都不明白安迪這話的意思。

「各位，我盡力囉，擋不住他，他操縱黑夢的技術越來越熟練了——」紳士的聲音也從古井後方的建築群響起。

夜路、盧奕翰等人回頭，只見斜後方數十公尺處有幾處建築群上十餘道門窗一齊打開，探出一隻隻貘的腦袋。

其中一戶人家陽台玻璃門揭開，走出安娜和郭曉春，她們第一時間也讓這外頭庭院的遼闊模樣嚇著，還以爲紳士帶錯路，直到見到底下那古井大樹，這才趕緊翻過陽台圍牆，趕去與眾人會合。

「大家迷路半天，好不容易來到這裡，爲什麼要撤？」莫小非往安迪奔去，急急地問。

「因爲我們晚了一步。」安迪深深吸了口氣，此時他雙手十指空空如也，他也摘下了全部的戒指。

「紳士，不是你的錯，你做得很好。」伊恩的聲音緩緩響起。「是我慢了。」

安迪此時身處位置與伊恩所在古井位置，相距超過一百公尺，但他們似乎都能夠聽見對方說的話，像是在對身邊夥伴說話，又像是在向對方喊話。

「引導你們在這裡會合的人，不是我，也不是宋醫生。」安迪說：「是紳士，晝之光比我們更快搶下古井，他們刻意引你們聚集，爲的是將你們一網打盡。」

「將我們一網打盡？」邵君和鴉片互望一眼，他們這才知道，剛剛將他們和分散在各處的雜兵們引來這庭院的第二批指路人骨胳臂，原來是紳士變出來的。儘管如此，他們臉上仍然露出不以爲然的神情。

對現在的他們而言，「一網打盡」這四個字像是笑話一樣。

「什麼！是你們把他們引來的？」夜路和盧奕翰聽了安迪的話，也大吃一驚。夜路對著吳楓喊：「我們早就布下天羅地網，讓他們分散開來，集中力量打她們其中一個，你們卻把其他人引來……讓他們聯手？」

吳楓瞪大眼睛，指著夜路鼻子斥罵：「結果是你們集中所有力量，也打不贏一個莫小非，我們千里迢迢趕來替靈能者協會擦屁股，你別自作聰明，乖乖當鬆獅魔的腳，別扯我們後腿！」

「千里迢迢？」夜路反駁說：「台北到這裡還不到一百公里，哪有『千里』，妳別誇大其詞……」

「他們先占下古井又怎麼樣？」鴉片哼了哼，深深地吸了口氣，揚開雙臂，全身溢出黑霧，往古井走去。

「我說！」安迪大喝一聲。「撤退——」

鴉片回頭望了安迪一眼，似乎決定抗命，繼續往古井走去。

邵君站在原地，猶豫不決，她雖然不認同安迪的命令，卻也不想和他翻臉。

莫小非拉著安迪的手連連甩動，像是在遊說他撤回命令，帶領大家進攻。

那些本來圍攻古井的黑摩組雜兵們，聽了安迪號令，倒是立時轉向撤回。

「啊！他們要逃了？」吳楓尖叫一聲，將白繩鐮刀高高甩上半空。

「老大，差不多了吧？」菜刀伯回頭望了孫大海雙手上的伊恩斷手。

伊恩斷手那半睜半閉的獨眼，此時終於完全睜開。

藍光綻放。

被孫大海喚回的張意，感到身子飄了起來，只見抓著七魂的伊恩斷手，不知什麼時候「飄」到了他手上。

「老大、老大，不……不會吧……」摩魔火見到籠罩著張意的藍光中，閃耀著銀白光芒，像是見著鬼般怪叫起來。

「鴉片、邵君！」安迪甩開莫小非的手，雙眼綻放兇光，飛箭般往前竄去。「你們想要活命，就後退——」

安迪吼聲未歇，一道紅光直直劈向鴉片。鴉片側身閃開。

一道人影閃電般竄到鴉片身前，是張意。

「夥伴們，大魚上鉤，準備收網囉——」紳士的聲音自古井後方黑夢建築樓宇上的擴音設備發出。

同時，古井旁草地陡然掀開一個洞，一張小圓桌自那洞裡升起，桌旁還有張小高腳椅，紳士坐在椅子上，正將一只茶包放進紙杯裡，再用熱水壺替紙杯裡加水，一面喃喃抱怨著：「唉，淑女不在，什麼都要自己來……」

他向古井旁的穆婆婆點點頭，說：「我聽說妳這結界很久了，久仰久仰。」

「你這小洋鬍子倒是名不虛傳，竟然能一口氣帶這麼多人，神不知鬼不覺地偷進老太婆家裡……」穆婆婆瞪大眼睛盯著紳士，她自然也聽說過英國紳士大名，紳士比穆婆婆小了十歲左右，但成名極早，在日落圈子裡地位可是相當崇高。

「穆女士，妳過譽了，要不是有長髮安娜內應，我可進不來。」紳士向安娜點點頭。

「我眞是受寵若驚。」安娜攤了攤手，解釋說：「前些天，我向協會回報工作進度，秦老說會盡量替我想點辦法、找人過來支援，我以爲他只是在敷衍我，想不到他眞找來了援軍，還是畫之光裡的大前輩。」

紳士即便結界造詣再高，也不可能在穆婆婆毫無察覺的情況下，帶著一整隊畫之光成員潛入結界——他們在靠著那些貘造出的「擬黑夢」，混在黑夢建築群底下，遠遠地跟蹤黑摩組進軍。但當阿彌爺爺的針陣發動時，這與黑夢系出同源的「擬黑夢」，自然也與黑夢一同被擋在針陣外。

然後，他們很快找到了安娜留下的後門——那些快速結界通道。

這些「後門」，是安娜與協會共同商量出來的措施，目的是讓援軍——倘若有的話——在抵達雜貨店周遭時，能夠不受黑夢影響，快速支援各處戰區。

由於畫之光成員們一路上與協會交換情報，詳知穆婆婆死守雜貨店的前因始末，以及安娜布置的守備計畫和那奇襲後門等措施，甚至精確掌握了古井位置。因此他們潛入雜貨店結界的時間點，雖然比安迪等人略晚，卻搶先一步逼近古井。

儘管過程中出現變數，安迪動用蝕天蟲，破壞了穆婆婆結界和阿彌爺爺的針陣，讓黑夢重新壓進雜貨店結界。

但這麼一來，反而讓那些貘的「擬黑夢」發揮出更大的用處，紳士藉著擬黑夢探出黑摩組等人的進軍路線，甚至反過頭造出假的指路人骨胳臂，一步步引誘鴉片、邵君及散落四處的雜兵們，往庭院方向聚集。

那時，只有對黑夢專研較深的安迪，察覺出黑夢力量混入了一股仿造力量，不但切斷了他與其他成員間的聯繫，同時在他探查古井位置時，不停破壞搗亂。

他立刻知道紳士淑女來了。

晝之光的復仇一向如烈火、如迅雷，假使向來行事謹慎的紳士淑女親臨，絕不可能只有做出這種如同惡作劇的小干擾，而必定伏著凶猛後著。

因此安迪不斷發出警示，通知莫小非等人撤退，但一來他的訊息仍然不斷被紳士干擾、切斷，二來莫小非等人也並未將他的警示當一回事。

「安迪，你擔心我們被這些傢伙一網打盡？」鴉片瞪著竄到他面前的張意。

張意捧著七魂，但臉上卻是一副嚇慘了的青白色。

便連摩魔火，都像是被噴著殺蟲劑的蜘蛛般，八足蜷縮成了番茄狀，倒在張意頭頂上發抖——

將摩魔火嚇成這副模樣的，可不是眼前的鴉片。

而是張意身邊那絲絲縷縷的銀絲。

「哇，那蜘蛛瘋了？」夜路遠遠地喊：「蜘蛛，回來，那是鴉片！你要犧牲你的機器人嗎！」

剛才夜路在有財操縱下，與摩魔火、張意的組合較勁起來，這邊打倒兩個雜兵，那邊就吼飛三隻惡鬼，此時他與有財見到張意竟跑去攔阻鴉片，還以爲摩魔火在逞強，想一口氣壓過自己這人貓組合。

「小心伊恩！」安迪極速衝來，卻被眼前竄起的大樹巨枝擋下，他繞過巨枝，又被黃金葛和百寶樹交織成的莖藤大柱攔阻，四周還立起或落下一座座巨大石雕和怪異大鐵籠。

紳士、穆婆婆、孫大海、青蘋四人聯手，施展神草和結界持續阻礙安迪。

「伊恩？」鴉片瞪著眼前那彷彿嚇飛了三魂七魄的張意。「這是伊恩？」

「師兄……師兄……」張意瞪大眼睛，覺得自己的膀胱都快要失去控制。

「幹嘛？」摩魔火也哆嗦著。「你喊我也沒用，現在不是我作主……」

「什麼？」張意顫抖地問：「那是……誰作主？」

「是……」摩魔火緩緩滾動著，像是想縮小身子往張意耳朵鑽，卻被幾條銀絲揪住八足，嚇得嗚咿一聲：「她作主……」

「她？她是誰？」張意愕然不解，只見鴉片像是要抓小動物般伸手過來，要揪他頭髮。

他只見鴉片的速度快如閃電，瞬間側身站在他面前，本來要揪他頭髮那隻手，此時橫擺在他面前——「咦？」他呆了呆。

快如閃電的不是鴉片。

是他自己。

鴉片也是一愣，立時轉身再往張意一抓。

張意又繞到了鴉片後方。

鴉片再轉身，站在他面前的傢伙又變了個人，不是張意，而是個漆黑的影子人——無蹤。

無蹤擺出格鬥架勢，迅雷般對著鴉片頭臉胸腹一口氣擊出十數拳。

鴉片一腳將無蹤踢散。

磅地一聲，一枚閃耀著光芒的彈頭，嵌在鴉片額頭上。

張意已經遠遠地站在與邵君對峙的硯天希和夏又離身旁，還伸手拍拍兩人屁股。

此時的硯天希和夏又離正奮力催動著體內殘存的魄質，以四隻破山大臂抵著邵君的怪力雙爪。他們被張意拍了兩下屁股，立時感到兩股力量源源不絕地灌入他們體內，本來逐漸萎縮的破山胳臂，又重新壯碩起來，崩出一道道裂痕，像是過期糕餅般逐漸碎散的力骨骷髏則堅實硬朗起來。

那對著鴉片開槍的傢伙，是七魂裡的克拉克，他戴著鴨舌帽，將狙擊槍端得像是步槍般，站在張意背後瞄準鴉片腦袋，磅磅磅地又連續開了數槍。

閃光彈頭一發都沒能擊穿鴉片，全嵌在鴉片臉上。鴉片抬手將子彈一枚枚拔下，凶悍竄來。

張意雙手自己動了起來，右手握住伊恩斷手，左手握住七魂刀鞘，然後——

拔刀。

無蹤倏地再次自張意腳下竄出，猶如一道黑雷劈向衝來的鴉片，鴉片掄著拳頭揮向無蹤，但無蹤像煙一樣倏地散開。

接戰擋在鴉片身前的，是一身鎧甲、舉著古代日式重槍的霸軍，霸軍挺起重槍，往鴉片胸膛插去。

「喝！」鴉片鼓動肌肉，一舉迎上，用胸膛將霸軍挺來的重槍，像是過去街頭表演胸口碎大石的藝者，用咽喉拗彎長槍一般，將霸軍那重槍抵成了曲形，頂著他不住後退。

磅磅磅磅磅磅——一陣子彈掠過霸軍身子，擦過鴉片頭臉體膚。

那些光芒子彈雖然無法穿透鴉片十隻指魔的鋼鐵堅骨，但擦出的皮肉破痕，卻冒出縷縷紫煙，那些紫煙並不消散，而是凝聚在鴉片雙眼前，劈里啪啦地炸出火花。

克拉克連開數槍後，伸手從一旁盤坐在半空的明燈枯瘦老手中，又接過一批符籙子彈，快速填入狙擊槍中。

「這是什麼？」鴉片憤怒抓扒著繞在他眼前的紫煙，在指魔之力保護下，那些紫煙傷不了他眼睛，卻阻礙了視線，且竟然揮之不去。他正要暴怒，卻聽見安迪一聲喝斥。

「鴉片，低頭！」

鴉片猛然蹲低身子。

他的頭上炸出一片黑血，他摸了摸頭，只覺得額頭近頭頂處被砍出一道裂口，在紫煙蔽眼下，他甚至看不見張意究竟如何攻擊他。

「快離開原地！」安迪吼聲又起。

鴉片連忙滾開，同時催動全身魔氣，終於逼散眼前的紫煙。

他見到本來身處的草地出現一道巨大裂痕。

張意則在離他有一段距離的地方，緩緩地將拔出的七魂，又重新收回鞘裡，且擺出日本劍客拔刀預備姿勢。

他的動作流暢得像是習劍多年的劍士，甫收刀回鞘，立時又拔刀。

鴉片這次看清楚了，一道紅光猶如一面極薄的光牆，從張意揮刀處筆直劈來，由於那紅光來勢太快，鴉片只能鼓動魔氣，架起雙手硬擋。

黑血自鴉片雙臂濺出。

鴉片一雙臂骨顯然比莫小非四肢更爲堅硬，沒被紅光斬擊劈斷，卻也被劈出兩道裂痕。

「噫！」邵君一見那紅光，終於意識到眼前那張意的威脅性，竟不亞於當時斬去她手指的負傷伊恩。

此時的張意全身閃耀銀光，他的四肢、軀體、頭頸外，飄繞著縷縷銀絲。操縱著他軀體的不是摩魔火，是摩魔火的老婆——雪姑。

天不怕地不怕的摩魔火，連安迪也不放在眼裡，只畏懼雪姑。他的八足被雪姑銀絲捲著，被固定在張意頭頂無法動彈。

「記住身體的感覺。」伊恩的聲音自斷手傳出，像個老師般指導著張意和摩魔火。「摩魔火，你也用心記著，你得把張意當成自己的身體對待，才能發揮更大的威力。」

「是……老大……」摩魔火唯唯諾諾地應聲。

張意感到身子又動了起來，連忙按照先前夜路的說法，放鬆全身，讓身子如同一灘爛泥；雪姑先前幾次以蛛絲擬化真身時的模樣儘管嚇人，但操縱張意身子時卻遠比摩魔火溫柔許多，萬千條銀絲如水流般控制著張意全身數十個部位，讓他自然流暢地使出一記拔刀橫斬。

鴉片連忙伏低身子，那寬闊紅光一斬，自他後背上方數吋劈過。

張意身旁的克拉克，蹲低了身子瞄準鴉片眉心，明燈掌上托著的那疊符快速飛起，在克拉克狙擊槍前繞成一個陣。

磅磅——克拉克扣下扳機，一口氣連發兩槍。

兩枚金光彈頭穿過明燈施出的符陣，拖曳出數道符籙光紋，第一枚光彈正中鴉片眉心，第二枚光彈打在第一枚光彈尾端，將第一枚光彈又敲進額骨數公釐後落下消失。

「喝！」鴉片眼前閃耀起花花亂亂的眩目光彩——那符彈雖然打進他額骨更深處，仍無法對他造成嚴重傷害，然而與剛剛遮住他眼睛的那紫氣一樣，這符彈炸散出的耀眼光彩，再次妨礙了鴉片的視力。

張意飛快劈出三刀，第一刀左上劈至右下，第二刀右上劈至左下，第三刀是橫斬，猶如一個巨大的「米」字。

一陣腥紅蝙蝠流星雨般竄在鴉片身前，被那紅光斬過，激烈爆炸。

鴉片彎身弓腿，抱頭護住腦袋，鼓動全身魔氣，硬捱三刀。

三記紅光都深深斬進他骨肉幾分，若非前頭那陣蝙蝠爆炸卸去了一部分威力，鴉片或許要讓那米字三斬切透全身了。

另一邊，硯天希和夏又離被伊恩在他們屁股上重新扎了銀針，又得到古井魄質支援，先是轟出大量火鷹、鎮魄犬、怒兔和凶爪黑猿稍稍逼退邵君。再化出一具具力骨，將力量強化到頂點，硯天希爲了防範邵君再次繞到背後拔針，早將破山大尾巴高高掄起。

張意再一記紅光劈斬，被竄到鴉片前方的安迪雙手一挾，空手接著，然後催動魔氣卸去那紅光。

「這應該是我們『第一次』面對面戰鬥，對吧？」伊恩斷手上獨目大睜，閃動著湛藍光芒。

「你認爲先前那一戰不算數嗎？」安迪笑了笑，他即便摘下全部戒指，也不像莫小非、邵君、鴉片那般變得凶惡恐怖，而是維持平常面貌。「看來你很介意那次的勝負。」

「我是很介意。」伊恩緩緩地說：「那一戰，令我失去了所有夥伴。」

當時伊恩在沒有充分準備、了解黑夢威力的情況下，帶著夜天使攻入黑夢，那時候他們的首要目標甚至不是安迪，而只是傳聞中被黑摩組擄走的四指總頭目奧勒——他們踏入黑摩組設下的陷阱，黑夢威力遠遠超過伊恩想像，夜天使成員們開始自相殘殺。

伊恩與安迪第一次碰頭，僅是短短一瞬間。

在伊恩一面守護心智、一面盡力阻止夜天使夥伴彼此廝殺的當下，安迪鬼魅般自他身後出現，將鬼噬插入他肩膀之後，便遁入黑夢深處。

那一記鬼噬魔釘，使得令舉世四指成員聞風喪膽的天才伊恩，變成了這副斷手獨眼的模樣。

「我只是覺得，如果我們像現在這樣面對面對決。」伊恩沉沉地說：「我應該不會輸給你才對。」伊恩還沒說完，克拉克一口氣連開十數槍。

安迪托起一陣腥紅蝙蝠，擋下克拉克那陣符彈。

「其實我也模擬過無數次，我們有朝一日正面對決的情形。」安迪笑了笑說：「在我的模擬中，我每次都贏。」

「哦？」伊恩斷手獨目大睜，藍光閃耀。

明燈揚起漫天符籙。

無蹤自地上竄去，躍過符陣，像是母雞帶著小雞，領著那千百張符，往安迪急奔而去。

安迪灑出一片血蝙蝠、血虎豹和紅眼白猿——他甚至不用懶人手，就能夠同時施放複數咒獸。

無蹤身上沾黏著明燈的符籙，像是穿戴上了鎧甲般，手腳閃耀起五色火燄，拳打腳踢地將血蝙蝠和血虎豹劈倒擊碎。

安迪背後閃耀起巨大符陣，轟隆衝出一頭巨型凶獸，那是他在忠孝橋上施展出來對付硯先生的巨大惡獸。

正與邵君打得不可開交的硯天希，遠遠見了安迪那隻巨獸，氣得破口大罵：「混蛋王八羔子，墨繪術裡哪有那麼醜的東西！」

無蹤高高蹦起，對著那巨獸腦袋一陣亂拳。

底下霸軍同樣沾著一身符籙，挺著長槍，直直捅入巨獸身軀。

跟隨無蹤一同飄來的符籙，全黏上那巨獸身軀，一張張炸出各色火焰。

巨獸碎開，安迪從中竄出，揚起兩隻粗壯血紅且帶著怪刺的巨爪，分別扒向霸軍和無蹤，卻中途轉向往前，撥開竄來的張意刺來的那記紅光突刺。

張意和安迪的距離，迅速縮短到數公尺。

「喝──」安迪背後燃燒起鮮紅烈火，烈火搖動成巨大人形，有眼有口，依附在他背後──此時他的巨爪和背後血人，便與硯天希墨繪術裡的破山和力骨如出一轍。

張意瞪眼張口，眼前的安迪背後那血人如同恐怖電影裡的巨魔神，他則像是被五花大綁的待宰祭品。

明燈在張意頭上灑開一片符海，接下來的變化，幾乎超過了張意的動態視力，他只見到眼前一片紅接著一片紅，有些紅是安迪的血畫咒大爪子，有些紅是七魂刀銳光；張意心中的驚恐似乎超越了他的忍耐極限，一陣忍無可忍的哆嗦，令他的褲襠烘熱濕濡一片。

但在古井這頭的眾人遠遠看去，只覺得全身銀光流溢的張意，強大得超乎常人想像，他以快絕的速度，近身與催動起血畫咒的安迪惡鬥，屢屢避開安迪那雙惡爪扒抓，同時揮揚七魂反擊。

「喂喂喂，你們可別搞混囉，和大魔王作戰的不是那小子，是他手上的手，那是大頭目！」孫大海讓前方那激昂大戰惹得血脈賁張，他一面指揮百寶樹支援守軍，一面扯著喉嚨，像個球評似地對穆婆婆等人解說起戰情。「那個張意只是個小流氓，真正厲害的人是大頭目呀！」

「廢話——」吳楓聽了孫大海的話，瞪大眼睛回頭怒罵：「我們怎麼會不知道伊恩老大的厲害，但張意是老大欽點的接班人，他好或不好，都輪不到你們這些協會廢物品頭論足啊！」

「我……我不是協會廢物啊！」孫大海聽吳楓怒罵，連忙搖頭，望向夜路和盧奕翰。

「我也不是協會廢物啊！」夜路大聲抗議，指著盧奕翰。「叫你呀，這裡就你一個協會廢物！」

「我是協會的人……但我不是廢物！」盧奕翰無奈地說，左顧右盼，只見眾人身上都插著銀針絲線，有那古井魄質加持，但孫大海早先一步替他接回鼻胃管，推他出去應戰，因此此時唯獨他身上沒有銀針，只有那百寶樹鼻胃管。

陳順源捏著兩只菸頭，將謝老大打來的火團凍成了冰球——他的實力本不如謝老大，胸前的火傷便是過去讓謝老大打的，但此時在古井魄質加持下，使他的冰術力量遠遠壓過謝老大那身烈火。

古井守軍在紳士下令「收網」後，轉守爲攻，揚著十餘柄各式刀械的菜刀伯、舞動白繩鐮刀的吳楓、踩著黃金山豬的盲婆婆，在長門和韓國母女帶領往前衝鋒，一口氣將雜兵殺得潰不成軍。

「小非，拿傘給我，掩護鴉片和阿君撤退——」安迪高聲大喊，同時催動出更強大的魔氣，他背後巨大血人一下子增加爲三隻，且一隻比一隻巨大。

「哇，那個抄襲鬼！」硯天希遠遠瞥見安迪背後那「多重血人」，又大聲抗議起來。她一面唾罵，一面被邵君逼壓得連連後退，儘管他們重新獲得古井魄質加持，但仍然難敵摘下全數戒指的邵君。

邵君再次繞到兩人背後那力骨群後方，一舉踩上力骨肩膀，抬腳往力骨骷髏頭踩去，但幾道銀鞭急急竄來，捲著邵君直立單足一扯，將她扯下地。

長門持著三味線來到邵君後方，在古井魄質加持下，長門輕輕幾記弦音，便讓背後猶如孔雀開屏般，展開數十道巨大銀矛。跟著她重音一撥，銀矛萬箭齊射，巡弋飛彈似地往邵君打去。

邵君鼓動魔氣、張開雙爪，將數十道銀矛一舉轟散，突然又感到背後一陣暴風襲來，才剛回頭，便見到一隻由萬片白羽凝聚而成的雪白大爪飛梭扒來，將她高高揪上半空。

邵君在空中揮爪將那白羽大爪轟得碎裂暴散，但還沒落地，又讓一條仿如大蟒般的黑髮麻花辮子重重鞭在背上。

安娜與持著白鶴傘的郭曉春從邵君兩側夾攻而來，與長門、硯天希和夏又離五人，將邵君圍在正中央。

「喲，是條大魚，千萬別讓她給跑囉——」紳士遠遠揚了揚手杖，才剛落地正要全力廝殺的邵君，腳下陡然竄起一張鋼筋大網，包粽子似地將她包裹起來。

只見那鋼筋大網上沾著斑斑血跡，夾帶著水泥碎塊和詭異的支架招牌，與黑夢建築群的風格相近——紳士挑挑眉頭。「用這擬黑夢力量造出來的網子，真是難看……不過力量倒是不小。」

紳士這麼說的同時，自他後方上百頭貘自那建築群門窗探頭出來，紛紛仰長了頸子，大口大口地呼出奇異煙霧，紳士用以壓制黑夢控制己方友軍心神、製造擬黑夢的力量，便來自這些貘。

啪嚓啪嚓的聲響自邵君周身發出，邵君扯裂那鋼筋大網，像是扯裂紙張破布一般輕鬆，但她才剛從大網中脫身，立刻就讓硯天希揮來的百隻鎮魄犬撲咬上全身，跟著又是百隻巨大火鷹轟炸。

邵君自火焰中衝出，瞪著凶惡紅眼竄到硯天希身前，揮動雙爪與硯天希、夏又離兩人四隻破山大臂貼身硬戰起來。

她將雙爪掄得快如疾風閃電，好幾次差點要將硯天希的頸子扒開，硯天希和夏又離雖然一共四隻手，卻幾乎招架不住，只能靠著古井魄質加持過的強悍破山胳臂奮力硬擋。

但這樣的情勢很快出現變化，邵君惡爪扒向硯天希的次數逐漸減少，而是轉去抵擋安娜掃來的髮鞭和長門、郭曉春各自攻來的白羽厚刃和弦音銀刀。

「那女人手上那小琴好眼熟啊，這些傢伙又是哪冒出來的？她爲什麼要幫我？」硯天希似乎忘了曾在華西夜市與長門有過一戰，只是隱約記得長門手上那把三味線十分有趣。

「我早就跟妳說過，這些人都是我們的朋友。」夏又離這麼說。

「你這小子去哪找來這麼多年輕女人當朋友？」硯天希轉頭瞪著夏又離。

「什麼？」夏又離一下子不知該如何回答這問題，只好說：「我……我跟她們不熟。」

「你一下子說她們是朋友，一下子又說和她們不熟？」硯天希一面揮動破山大爪與邵君惡戰，一面咄咄逼問夏又離。

邵君對著硯天希猛攻一陣，見一時戰不倒有古井魄質加持的硯天希，便陡然轉向對著郭曉春發動突襲，又被長門撥來的數十股銀流阻住。

長門竄到郭曉春身前攔下邵君，她撥弦的速度有如機槍連發，有輕有重，輕音化爲飛刃細箭、重音化爲巨斧大刀，像是一支小型軍隊般對邵君轟擊開火。

「吼——」邵君則像是電影裡的強橫怪獸，憑著強橫力量突破軍隊火網般持續往前，把握時機一爪往長門臉上抓去，又被長門身後的郭曉春指揮天上白鶴揮下的巨爪轟退幾步。

邵君還沒站穩，身下鋼筋大網再次裹來，同時，數不清的大火鷹、爆炸怒兔、白羽飛刀、銀流飛箭暴雨般往她轟去。

混亂而強烈的爆炸，連珠炮地在邵君身上持續了十秒以上。

突然一道道黑影在邵君周身竄起，替邵君擋下了後五秒的轟炸。

是即時趕來支援的莫小非。

莫小非一手挽著鴉片，一手提著一個大木箱子，那大木箱子上捆著層層繩結，綁著個怪傢伙。且她身後還立起三道大影，各自提著一個大木箱子，且箱子上都各綁著個怪傢伙。

「安迪——」她揚手同時指揮影子，將四只大木箱連同抱在箱子上的怪傢伙們，一齊往安迪的方向拋去。

09弱點

在背後召出多重血人強化力量的安迪，又畫出一隻更為巨大的血畫咒獸。他踏上那巨獸背上，身後的血人群雙腳竄入巨獸背裡，像是與巨獸合而為一，將血人的強化力量直灌注進那巨大的血畫咒獸體內。

巨獸高高抬起腳，那大足在空中又給安迪打上一道血畫咒，本來已經壯如象足的獸腳，竟瞬間變得更加巨大——硯天希墨繪術裡的力骨加上破山，已經是強化術士本身的強大組合。但安迪竟能夠將效力等同力骨咒的血人與破山，施展在咒獸身上，讓三種咒術合而為一，召出猶如科幻電影裡的巨大異獸——在忠孝橋一戰中，安迪召出對付硯先生的巨型咒獸，就是依附上多重血人與破山後，強化成形的。

此時的安迪站在那巨獸背上，操縱著高高抬起的巨獸大足往張意身上踩，張意卻不避不閃，高高躍起，舉起七魂刀鞘，刀鞘銀絲噴發，結出一隻汽車大小的白色蜘蛛——那是雪姑以銀絲結出的分身。

巨蛛穩穩接著張意，攀上那巨獸粗壯大足，一溜煙爬上巨獸腦袋，霸軍、無蹤、克拉克、明燈分別在張意前後左右現身護衛。

蛛背突然一拱，將張意身子高高拱上半空，巨蛛則載著無蹤等七魂眾將往安迪衝去。

「在你過去的想像裡，曾經模擬過這種打法？」伊恩獨目藍光綻放，被大蛛拱上半空的張意飛快揮揚七魂，朝著底下的安迪劈出一記記紅光銳斬。

安迪催動魔氣，放出大量血畫咒獸格擋那一記記紅斬。

白色巨蛛載著七魂諸將衝到安迪面前，安迪揮動血紅大爪扒去。還沒扒著巨蛛，那巨蛛便自己炸開，炸出萬千絲縷，將安迪纏成個大繭。

明燈撒開漫天飛符，一張張黏上大繭，發出閃亮電擊；無蹤和霸軍左右挾攻，霸軍挺槍扎進大繭，無蹤將大繭當成沙包來打，瞬間擊出十數拳。

磅磅磅連續數記槍響，克拉克對著大繭連開幾槍，子彈穿過明燈的符打進繭裡，轟地燒出火光。

自空中落下的張意高高舉起七魂，伊恩一聲令下，七魂眾將倏地竄開，只見一片紅光落雷般斬下，將那巨獸連同大繭劈成兩半——

大繭空空如也。

安迪不在繭裡。

巨獸被剖成兩半的身子，左右傾倒消散，安迪好端端地站在地上，仰頭望著騰在半空中的張意，微笑地說：「有，我模擬過。」

原來安迪一見巨蛛銀絲迎面纏來，立刻遁入腳下的血畫咒獸身體裡，從巨獸腹間穿出，蓄足了氣力等待時機。

他畫咒舉掌，對準了自空落下的張意，腳下血色符光閃耀，竄開一個極其巨大的符籙光圈，光圈裡竄出各式各樣的血畫咒獸，咒獸們凝聚融合，同時依附上血人、破山等咒術，轟隆隆地融合成一頭更爲巨大的凶惡咒獸。

那咒獸如同奇幻電影裡的上古惡龍，張開血盆大口，一口將自空落下的張意咬進口裡。

一道道紅光自惡龍體內往外劈出，瞬間將惡龍斬成碎片。

張意毫髮無傷地落在地上，連插在他背頸後的銀針連同萬千絲線，一根也沒斷。

「……」張意此時臉色青灰一片，露出猶如連續搭乘了十數趟雲霄飛車之後的神情，甚至連雙眼都難以對焦，左顧右盼好半晌才見到安迪站在離他十數公尺外，身後立著四只漆黑大木箱子——

那是莫小非聽了安迪號令之後，拋來的木箱子。

每只大箱子旁，都站著一個怪模怪樣、負責扛箱的隨行雜兵。

安迪放出那些巨獸，只是爲了拖延時間，讓他能夠安穩迎接這幾只莫小非拋來的箱子。

不等安迪下令，四個負責扛箱、怪模怪樣的雜兵立時揭開各自負責的木箱，取出四把傘。

四把紙傘張開之後，面積相當寬大，傘面底色是陰沉的灰色，寫滿血紅符字。

四個怪傢伙一張開傘後，立刻像是遭到電極般尖嚎起來，全身冒出焦煙，一雙握著傘柄的手，甚至燃出火焰，他們顯然無法控制四把傘裡的魔物力量。

「在我腦海裡模擬時的想像對手，甚至不是現在這樣的你，而是顛峰時期、無痛無傷的你。」安迪雙眼一睜，全身魔氣瀰漫。

他微微拱起後背，四隻人臂自背後竄出，分別自幾乎被燒焦的四個怪傢伙手上，抓下那四柄紙傘。

由於每一支紙傘都頗大，因此並列在安迪背後時，並非直直立著，而是類似孔雀開屏那般斜斜立開。

伊恩斷手上獨目依舊藍光閃耀，他本可飛快施以突襲，但當那四個隨行雜兵剛揭開木箱，伊恩立時察覺出木箱中流溢出的氣息有異，而遠遠地靜觀其變——

那氣息令他感到熟悉而悲傷。

「小非，掩護大家撤退。」安迪緩緩往前走。「我來斷後。」

「安迪，你……」紳士遠遠地躍下高腳椅，瞪大眼睛、握緊拳頭，往前走出幾步。

他抿著嘴，捏緊的雙拳上浮突出筋脈，像是罕見地動了怒。

此時黑摩組雜兵們收到撤退命令，晝之光成員則察覺紳士和伊恩的異狀，也逐漸停止纏鬥，各自後退，分立成兩邊。

長門竄到張意身旁，微微彎弓身子、雙眼銀光閃耀，輕輕撥著弦，在背後聚成巨大銀流。

那韓國母女也來到張意左右，伏低在地上，像是兩頭惡獸。

他們全盯著安迪背後那四把灰傘。

灰傘溢出了滾滾灰煙。

灰煙凝聚成一個個人形。

「伊恩，現在換我問你同樣的問題。」安迪微微笑著，雙手高高揚開，一步、一步地緩緩往後走。「你模擬過這種場面嗎？」

莫小非接連施發號令，將黑摩組雜兵們全喚回身邊，簇擁著鴉片和邵君快速往後方黑夢建築群撤退。

鴉片和邵君儘管不甘空手而回，但他們在接連亂鬥下，已經消耗不少指魔之力，此時他們見到晝之光成員連同盧奕翰、夜路等人，在張意身後站成長長一排，人人全身散發魄質光流，都能發揮出比正常時候強大許多倍的力量。

他們這才明白雙方情勢確如安迪先前所說——當對方搶先一步佔下古井時，已經分出勝負。

伊恩斷手上的獨目，藍光更加激烈耀眼。

「老大……」張意感到伊恩斷手發出微微的顫抖，正感到奇怪，便覺得頭頂上發出一陣炙熱火燙。

本來被雪蛛威勢嚇得蜷曲成球的摩魔火，此時蹦了起來，立在他額頭上，張開前四足，發出嘶嘶吼聲，像是憤怒至極卻不知如何發洩。

「可恨哪……」摩魔火一雙大牙燃動著火焰，嘶嘶地說：「果然像是你們的一貫作風啊，四指的惡鬼們……」

安迪掩護著眾人後退一陣後，放緩了腳步。

自背後四把灰傘溢出的灰煙，凝聚出十餘個「人」。他們各個缺手斷足、全身縛滿貼著符籙的鐵鍊。

啪啦、啪啦、啪啦——

這些人的背後紛紛響起陣陣古怪的搧動聲，同時一一張開了七零八落、破爛不堪的閃電狀骨翼——

夜天使的正字標記。

他們是追隨伊恩攻入黑夢，卻戰敗慘死的夜天使成員們的魂魄。

此時張意身後那些畫之光成員們，大都是台灣本地人，與各國夜天使並不相識，但此時一見到那些人背後的閃電狀骨翼，立刻曉得了他們的身分，紛紛發出悲鳴和怒吼。

「混蛋！」吳楓憤怒往前要衝，被陳順源拉住胳臂，一旁的盲婆婆高高揚起手，示意眾人待命，聽從伊恩和紳士指示。

「喂喂喂！我有說你們可以走嗎？」硯天希可完全不顧周遭氣氛，自顧自地還想再戰，卻感到身上的古井魄質突然中斷供輸——是紳士遠遠切斷了讓他們與古井連結的銀絲，同時豎起幾道牢籠，將硯天希囚禁起來。

穆婆婆還額外用掃把拄了拄地，讓大牢籠底下的草皮揭開一個坑，讓那大籠落進洞裡埋起來，她已聽夠了硯天希戰鬥途中連珠炮般的粗言罵語。

「啊，一群混蛋靠著老娘撐著前半場，現在反過頭這樣對付我——」

「天希，妳別胡鬧……」

眾人在見到那端草皮恢復原狀的同時，還隱約聽見幾聲硯天希和夏又離幾句爭辯聲音，然後便什麼也聽不見了，顯然是穆婆婆操使結界法術，將他倆扔到遠處，儘管硯天希此時體內還殘存著部分古井魄質，但穆婆婆同樣也有魄質加持，全力鎮壓下，足以令硯天希無法搗亂。

前頭，張意在雪姑蛛絲操使下，微微抬起握著七魂刀鞘的手，示意一切交給伊恩。

「這種情形，我不需要模擬。我親身經歷過許多次。」伊恩緩緩地嘆了口氣。「但我至今仍然想不出最佳答案，以後或許也想不出來。」

「這就是——」安迪微微笑著。「我贏過你的地方。」

「論身體素質，從運動生理學的角度來看，雖然我們身高差不多，但身爲東方人的我，應該是比不上擁有西方血統的你；論異能天賦，我更遠不如被稱作『千年難遇，天才中的天才』的你。但是……」安迪頓了頓，繼續說：「你心中的『雜質』，卻遠遠多過我。」

「愛情、友情、親情……這些『雜質』，使你熱情洋溢、容易衝動，也容易犯錯。」安迪笑著說：「十幾年前，你因爲母親身故，開始與靈能者協會高層唱反調，獨來獨往討伐四指。倫敦大戰之後，你正式脫離協會，成立晝之光，統領著一群——和你同樣『熱情洋溢』的傢伙們，你們東征西討、威名遠播——但是在最後關頭，你們的缺陷仍然如此明顯——你們實在，太濫情了。」

安迪說到這裡，四把灰傘裡閃耀起異色電光，順著灰氣鐵鍊和絲線傳至那些受縛的夜天使魂魄們身上各處——截斷的骨頭，或是空洞眼窩中。

十餘名夜天使成員魂魄，紛紛露出強忍痛苦的神情，開始顫抖、身不由己地緩緩往前走，有些嘴巴完好的夜天使成員魂魄們，喃喃說：「老大，別管我們——」「對不起，伊恩，連累你了……」「殺了我，替我們報仇！」

「你那能夠看透一切的藍眼睛。」安迪微微笑著說：「肯定看得出這些朋友的意識與過去一樣，我們囚禁他們、殘虐他們，但沒改變他們的心智，他們仍是你熟悉的那些好朋友、好夥伴。卻也因此，讓你更難做出決定了，對吧。」

「你本來樣樣都強過我，但你心中充滿了大量的愛與恨，就像是一塊又一塊的絆腳石，時時刻刻阻礙著你做出正確判斷，讓你有時懦弱、有時莽撞、有時犯錯。這些不必要的愛與恨，全部變成了你的弱點。」安迪繼續說：「但我這個人吶，心裡沒有愛也沒有恨，所以我沒有弱點。這也是我在腦海裡模擬過許多次與你交手，每一次都是我贏的原因。」

「全部後退——」伊恩指揮著雪姑操縱張意橫舉七魂，斷手獨目眨了眨，彷彿在對身後畫之光成員們下令。

張意高舉七魂，緩緩往前。

此時的張意在經過一陣飛天遁地的亂鬥惡戰後，嚇也嚇飽了、抖也抖夠了，甚至連褲子都尿濕了，對眼前變化也逐漸茫然無感。

此時的他只感到右手握著伊恩臂骨，傳來一陣陣激昂的魄質流動，像是拍打在岩岸上的怒濤巨浪。

扣除掉那次在三重畫之光據點，被摩魔火灌醉而無意進入七魂中，見到伊恩救出長門過往那段支離破碎的回憶畫面之外，這是他第一次如此鮮明地感到伊恩心中的憤怒。

除了伊恩，他也感覺得出身邊長門和韓國母女、頭頂上的摩魔火，以及背後的紳士及畫之光夥伴們，心中全都燃燒起憤怒的火焰。

號稱地表最強的殺手集團，其中一部分人，此時便排列在張意面前，一個個猶如戰史資料中那些受虐戰俘或是人體實驗對象般，慘烈地被紙傘術力驅動下，流淚淌血地往前走著。

「各位老友……請原諒我無法用言語來表達我心中的感受，和對你們的虧欠……」

伊恩的聲音沉重地自斷手發出。「我只能用七魂報答各位。」

「老大……動手吧。」

「夜天使裡每一個人……在加入晝之光之前，在成爲夜天使之前……早已做好這樣的心裡準備……」

「是啊，老大，比起四指……七魂和大嫂溫柔太多。」

十餘名夜天使魂魄持續往前，黑摩組雜兵們在莫小非帶領下，遁入後黑夢建築群中。

「你們……眞這樣放過他們？」夜路見莫小非等逐漸撤出庭院，忍不住輕輕拍了拍身旁的吳楓胳臂，只見吳楓淌淚咬著下唇，全身微微發抖，便不敢再問。

「現在不是讓你耍嘴皮子的時候……」盧奕翰用手肘悄悄頂了頂夜路，安娜在一旁也低聲說：「你沒聽過『窮寇莫追』嗎？我們的優勢是背後那持續供應魄質的古井，但他們還有餘力，眞把他們逼急了，會發生什麼事，沒人能夠保證……」

夜路等人的低聲對話還沒結束，前方張意手上七魂，便已經斬下第一個夜天使成員魂魄腦袋。

此時的七魂綻放出來的，並非以往那般駭人紅光，而是雪白銀光。

張意等人身邊，飛揚著明燈灑出的漫天符籙，一張張飛符在空中閃耀出銀白花朵光芒，像是在替夥伴們送行，七魂切過那些花形符光，染上雪白銀光，再切過夜天使成員魂魄身體，讓他們的身子也發出銀亮白光。

「現在的你，果然和我想像中一模一樣的溫柔——」安迪淡淡一笑。「這種多餘而濫情的溫柔，與壓抑到幾乎快要發瘋的憤怒，像是兩道枷鎖，鎖著你的手和腳，讓你永遠也贏不了我。」

安迪這麼說的同時，背後四手陡然竄長，將本來呈孔雀開屏狀的紙傘，高高舉起，十餘名夜天使成員魂魄，身軀及猶自殘存的手腳上浮現出一條條青筋，渾身散發駭人凶氣，但面容卻仍同樣悲悽——這些夜天使成員意識依舊，身體卻不受自己控制。

「聽說他們全都是你訓練出來的好手。」安迪這麼說：「現在就當是期末考試好了。」

一道銀光飛梭竄向安迪腰際，被安迪隨手畫咒擋下。

「神官，叫長門別出手。」伊恩沉聲說。「她的火候還不夠讓我們的夥伴安然離開。」

「……」長門咬牙切齒，聽了神官轉述，只好緩緩後退。

張意加快腳步往前，接連揮動七魂，將兩個撲來的夜天使成員攔腰斬成兩半，七魂的銳利加上明燈的符術，令被斬死的夜天使成員魂魄在消散前最後一刻，都露出了解脫的神情——這也是伊恩不許眾人出手的緣故。即便長門等人有著古井魄質加持，但也不免要與夜天使成員魂魄們展開惡戰，使雙方無端受苦。

「辛苦了。」伊恩這麼說，張意閃電般側身，避開一名夜天使成員突然使出的眩目突襲，然後揮動七魂將之劈成兩半。

下一刻，張意身子突然往前飛竄，一口氣掠過好幾名夜天使成員魂魄身邊，挺起七魂，直取安迪頸子。

「看，立刻就犯了一個錯誤。」安迪血手大爪一揚，刻意讓七魂筆直插入大爪掌心，他在揚爪前已經先行畫咒，大爪上閃動著詭異莫名的奇異光芒，化出一隻隻古怪惡爪，那些爪子如鋼似鐵，緊緊抓住了穿透伊恩大掌的七魂刀身。

七魂刀身上綻放的雪白光芒瞬息轉變成嚇人紅光，紅光飛旋閃耀，猶如數十柄電鋸，對抓著七魂的怪爪又鋸又斬。

紅光斬斷一隻隻怪爪，怪爪卻也一隻隻伸出。

而在安迪扣住七魂的同時，另一手也未停下，一拳往張意腰際打去，被自張意左手七魂刀鞘裡竄出的巨掌老何擋下。

老何的灰掌厚如牆、硬如堅石，雙掌疊在一起，卻仍然抵不住安迪血爪轟擊，喀啦喀啦地被捏斷好幾根大指。

「我犯了什麼錯誤？」伊恩沉聲問。

克拉克在張意背後現身，將狙擊槍架在張意肩上，近距離對著安迪腦袋連開三槍——

三枚子彈在安迪額頭上打出一塊血痕——

安迪的指魔之力比鴉片更強大，因此克拉克用以對付鴉片的狙擊槍術此時無法生效，儘管後兩枚彈頭都精準擊中前一枚彈頭尾端，卻無法將第一枚彈頭嵌進安迪頭骨。

儘管如此，安迪額心那處血痕仍然溢出紫煙，籠罩著安迪腦袋，使他目難視物。

霸軍跟著現身，重槍對著安迪的臉插去，卻被安迪張口咬住槍頭。

安迪一手扣著七魂，一手揪著老何疊在一起的巨掌，拖著張意連退數步，背後紙傘一搖，所有夜天使成員魂魄全圍上來襲擊張意，但紛紛停下腳步——

雪姑的銀色蛛絲，與操使著夜天使成員魂魄的那些的絲線和鐵鍊糾纏捆繞在一起，蛛絲上那一陣陣耀眼白光，與傘術異光正較勁抗衡著。

「你不承認自己犯了錯？」安迪哈哈一笑，猛地深吸一大口氣，竟將圍繞在他臉上的紫霧一口氣吸進嘴裡，然後呼地一吹，將那紫霧吹到了張意臉上，反過頭籠罩住張意的臉——此時紫霧中還混著一陣奇異紅風，將張意嗆得連連悶咳起來。

「你怕七魂弄痛了你過去的夥伴們，想要憑著刀術強襲，但現在的你，只剩下一隻手，怎麼能夠將七魂刀用得跟過去一樣好？」安迪盯著伊恩斷手獨目。「而且，即使到現在，你心裡仍在猶豫，究竟該救他們，還是讓他們解脫——」他說到這裡，望了張意身後那千萬條正與傘術鐵鍊較勁抗衡的雪姑銀絲群一眼，補充說：「我告訴你答案好了，想要拯救他們，確實大有機會。因爲這些夜天使魂魄修煉時間太短，服從性還不高，而且那一條條鐵鍊也不太牢靠，你確實有相當機會拯救他們——但是這麼一來，你輸給我的機率就更大了——這情況和我們的第一次對決，也就是你不想承認的那一戰一模一樣，不是嗎？」

安迪還沒說完，三條囚著夜天使成員魂魄的鐵鍊，已被雪姑蛛絲崩出裂痕，但隨即又恢復原狀。

夜天使成員魂魄們此時有的痛哭流涕、有的渾身顫動，伊恩的力量和安迪紙傘術力在他們體內較勁拉扯著。

摩魔火朝著安迪吐出一團火，又被安迪鼓嘴吹往張意頭臉。

明燈雙手托起一圈符，一手擋下那團火，另一手往張意臉上一抹，抹去籠罩著張意頭臉的紫霧，張意這才得以喘息，深深吸氣，只感到右手握著的伊恩斷手魄質紊亂。

下一瞬間，老何雙掌發出激烈骨斷聲，倏地化成灰煙，像是氣力耗盡般竄回七魂刀鞘中。

幾乎同時，七魂刀身紅光閃耀，終於將安迪左掌上那一隻隻緊抓刀身的小怪爪全數斬裂。

但七魂刀依舊嵌在安迪掌中，安迪破山血掌比鴉片堅骨更加強橫，此時伊恩雖能將刀抽出，卻一時難以斬斷他的掌骨。

但伊恩似乎不想抽刀拉開距離，反而突然改變握姿，從正握刀轉爲反握刀，且催使著張意往前奔衝，壓著安迪後退，抬著嵌在安迪掌裡的七魂刀，往安迪脖子抹，像是想要一鼓作氣將他手掌和腦袋都斬斷。

安迪則趕緊以另一手架上伊恩斷手，阻止七魂刀繼續往他脖子壓來。

磅啷一聲，張意的身子在伊恩透過雪姑蛛絲控制下按著安迪，撞進後方黑夢建築群。

建築群上陡然竄起幾道黑影，倏地往張意全身竄。

同時，又有幾座石雕在張意腳邊現身，擋下那些黑影。

紳士與莫小非，一個身佇古井前，一個藏身黑夢中，但似乎一刻也沒鬆懈，都全神等待能夠打破僵局的時機。

「呀——」

一聲聲尖嚎自張意身後響起。

那是夜天使成員魂魄們發出的慘烈叫聲，安迪背後四臂突然鬆了手，任由四傘飄旋飛起。

四傘在空中燒出惡火。

十餘名夜天使成員魂魄用殘肢不停扒抓起自己頭臉，有些在地上滾動起來，像是都感受到紙傘上那燒灼威力。

「長門，他們交給妳，讓夥伴解脫——」伊恩發出怒吼，斷手獨目藍光和七魂刀刃紅光激竄閃耀，安迪背後的黑夢建築群轟隆發出上百道碎痕。

張意推壓著安迪，雙雙轟進黑夢建築群裡。

「伊恩，冷靜——」紳士本來在古井前坐鎮，但見伊恩壓著安迪衝入對面的建築群中，連忙往前急奔。

前方，那些夜天使魂魄們，在安迪鬆手放傘之後，不但沒有脫離紙傘控制，反而愈加瘋狂，見著目標就打，甚至彼此惡戰。

長門和韓國母女首當其衝，成了夜天使成員魂魄們的首要目標。

「幫忙！」陳順源見情況失控，連忙下令，領著晝之光成員上前支援。

壓著安迪衝入黑夢建築群的張意，只見身邊流光閃耀，眼前不停有血肉竄來——

那是安迪破山大掌、頸子、胳臂乃至於整個上半身，被七魂刀刃上飛旋激竄的銳利紅光，一刀刀削下的肉。

「你看，你還不承認你正在犯錯？」安迪此時臉頰、下唇和鼻子都讓七魂紅光削下好幾塊皮肉，面貌十分嚇人，但他卻依舊從容。「你先是下令要養女停手，想自己送夥伴上路，但途中轉念想救他們，又發現無能為力，只好全力殺我——短短的時間裡，你看你犯了多少錯？你本來應該狠下心殺光那些老友魂魄，而他們現在正在圍攻你的養女長門櫻吶！」

「長門不會輸，而我現在立刻就殺了你！」伊恩獨目大睜，進一步全力催動起七魂紅光，將四周建築群連同莫小非召來的影人士兵，全斬得四分五裂。

安迪背後四條胳臂棄傘之後，也同時附上破山咒，化成四隻大爪，其中三隻大爪往七魂和伊恩斷手抓去。

第四隻大爪則再次襲往張意腰際，被待命竄出的無蹤緊緊抱住。

幾秒之內，安迪這四隻背後人臂，紛紛被七魂紅光斬斷。

一道道紅光將安迪原本的雙臂、鎖骨、肋骨都斬出裂痕。

「老大，取他性命！」摩魔火自張意額上高高挺著身子，發出凶猛怒吼，卻陡然感到張意身子猛然一震——

張意的腰際，插著一枚短釘。

那是安迪襲往張意腰際卻被無蹤抱住的背爪，在被七魂斬斷之後，從斷骨又竄出的一隻小觸手，飛快躲過無蹤抓擊之後，抓著短釘刺進張意腰肋之中。

「哇！」張意發出慘嚎。

「喝！」伊恩獨目藍光閃動，立刻感受到插進張意體內那枚短釘發出的凶戾鬼氣——

鬼噬。

鴉片、邵君、莫小非三人同時自黑夢建築群暗處竄出，往張意包夾攻來。

張意在伊恩指揮下飛快往後一退，同時奮力揮動七魂，一道道紅光四面亂掃，逼開黑摩組三人，同時，雪蛛蛛絲再次飛快結出巨蛛，載著張意飛快竄出建築群，退回古井庭院。

此時庭院中亂戰成一團，長門臉上淌著淚痕，在古井魄質加持下，將銀流銳刃的力量催動到極限，用最快的速度，讓過去的夜天使夥伴們一個個得到解脫。

「紳士，幫忙——」伊恩驚慌喊著，指揮雪姑載著張意奔往古井。

眾人在清光了夜天使魂魄後，見前方黑夢建築未有動靜，黑摩組眾人似已撤走，紛紛往古井聚去。大夥兒將臉色變得紫黑一片的張意團團圍住，七手八腳地扯開他的上衣，檢視著插在他腰上那枚鬼噬。

「別拔，鬼噬正在生根！」伊恩急急阻止了想要伸手拔釘的紳士，跟著招來幾名懂得治傷咒術的晝之光成員，領著眾人一齊對張意全身施術，強行將正自短釘中竄出的惡鬼群，通通逼回鬼噬短釘中，且在短釘裡外施下一道又一道禁錮咒術。

張意本來紫黑色的臉龐，逐漸恢復血氣，眾人七嘴八舌的討論他通通沒聽進耳裡，而是茫然地望著庭院上空。

穆婆婆這小庭院終年維持著日落之前的景色，此時天上那黑夢怪雲已經消散，古井大樹也恢復了青翠樣貌。

美麗的餘暉灑在蹲跪在張意身邊的長門身上和臉上，將她滑落臉龐的眼淚，照耀得閃閃發亮。

日落後長篇08完

下集預告

敢死隊進擊黑夢核心，淑女隻身對抗艾莫與麗塔。

另一方面，為了儘快將負傷的張意與眾人全數載往中部封鎖線，安娜開始對妖車進行史無前例的大改造……

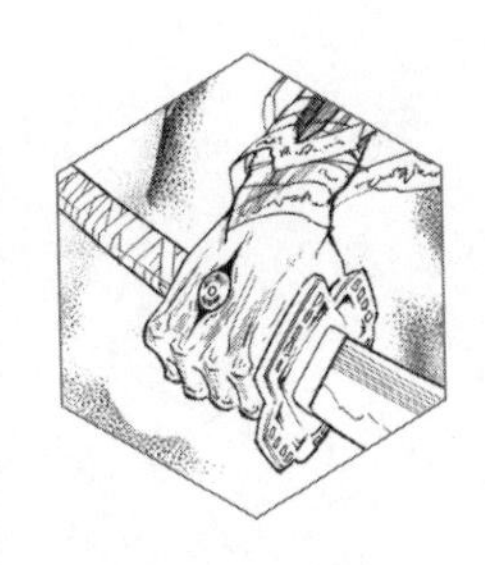

日落後 / 星子著. -- 初版. -- 臺北市 : 蓋亞文化, 2016.06
冊； 公分. --（悅讀館）

ISBN 978-986-319-207-7（第8冊 : 平裝）

857.7 105004168

悅讀館 RE342

日落後 長篇 08

作者／星子（teensy）
插畫／BARZ
封面設計／克里斯
出版／蓋亞文化有限公司
地址◎台北市103赤峰街41巷7號1樓
電話◎（02）25585438 傳真◎（02）25585439
網址◎http://gaeabooks.pixnet.net/blog
粉絲團◎https://www.facebook.com/Gaeabooks
電子信箱◎gaea@gaeabooks.com.tw
投稿信箱◎editor@gaeabooks.com.tw
郵撥帳號◎19769541 戶名：蓋亞文化有限公司
法律顧問／宇達經貿法律事務所
總經銷／聯合發行股份有限公司
地址◎新北市新店區寶橋路二三五巷六弄六號二樓
電話◎（02）29178022 傳真◎（02）29156275
港澳地區／一代匯集
電話◎（852）27838102 傳真◎（852）23960050
地址◎九龍旺角塘尾道64號龍駒企業大廈10樓B&D室
初版一刷／2016年06月
特價／新台幣 220 元
Printed in Taiwan

ISBN／978-986-319-207-7

Gaea

GAEA